絕對實用！

土耳其人 天天說的 生活會話

政治大學土耳其語文學系

馬仕強（Özcan Yılmaz）、魏宗琳　合著

作者序

Elinizdeki kitap Türkiye'ye gidecek olan Türkçeyi hiç bilmeyen veya çok az bilen insanlara Türklerle iletişim kurmalarına yardımcı olacak ,Temel ihtiyaçlarına cevap verecek bilgiler içermektedir. Bilgiler ve sözcükler tamamıyla günlük hayattan alınmıştır ve yabancıların anlayabileceği ve konuşabileceği sadeliğe indirgenmiştir.

您手中的這本書，將有助於完全不懂或是略懂土耳其語的人，讓他們前往土耳其時能順利地與土耳其人進行有效的溝通。本書包含應付基本生活需求之必備知識，而這些單字與知識完全取材自日常生活，並且簡化到適合外國人理解和開口的程度。

Kitap oluşturulurken onlarca benzer kitaplar taranmış taranan kitapların eksikleri belirlenip eksikler bu kitapta tamamlanmaya çalışılmıştır. Yabancıların sözcükleri sesletimlerinde zorlandıkları göz önüne alınarak tüm kitabın sesletimi yapılarak cd haline getirilmiştir.

這本書是經由研究數十本相似書籍後，針對其缺失加以改善而編製完成。外國人在學習語言時最困難的發音部分，可透過收錄全書內容的CD克服。

Kitabı farklı kılan diğer bir özellik ise temel cümlelerden önce her konuda farklı diyalogların bulunmasıdır. Bu diyaloglar dinlenerek sözcüklerin hangi bağlamda kullanıldıkları daha kolay anlaşılmaktadır.

本書還有另一項特點是：在各單元基本句型前都有不同的對話練習，透過聆聽對話，對於字詞的使用情境將會更加容易理解。

Bu kitap sadece turistik veya daha farklı amaçlarla Türkiye'ye gideceklere değil Türkçeye ilgi duyan Türkoloji öğrencilerine de hitap etmektedir.

這本書不只是對觀光客或是以其他不同目的前往土耳其的人有益處，對學習土耳其語言與文化的學生們也將有所幫助。

Bu kitabın oluşmasında emeği geçen düşüncelerinden ve bilgilerinden faydalandığım herkese özellikle Çince çevirilerini yapan Zeren Wei'e sonsuz teşekkür ederim.

我要感謝籌備這本書時，在想法和知識上給予我意見的每個人，尤其是將它翻譯成中文的魏宗琳。

3

翻譯序

　　翻譯一種冷門的語言乍聽之下很容易，因為沒幾樣作品能比較所以不知優劣。可是當我開始翻譯此書時，便立即發現實則不然。正因為沒有太多前人的例子可參考，很多字詞都需要自己摸索。跟翻譯文學作品不同，我認為翻譯入門語言學習書最重要的是能夠將學習的語言盡可能對應到母語中的用法。透過對母語的經驗來理解使用的正確時機和情況，以達到最重要的目的：溝通和表達，而後才會追求語言中較專業的學問。故我在翻譯本書時也是依照這個原則進行，或許字詞個別的本意並不完全和翻譯相同，但注重其所表達出的意思和情境。

　　土耳其語屬於拼音文字，對學習者而言值得慶幸的是它的念法固定，不需要特別去記拼音規則；但對翻譯者來說，由於中文的系統不同，拼音語言會出現無法使用中文表達出來的發音，只能盡量拼出再加上說明輔助。所以，邊看的同時一定要搭配附加的CD來學習正確的念法和語氣。

　　本書的內容，不僅僅只是「你好」、「謝謝」和「再見」這麼簡單，它還涵蓋了土耳其日常生活中的大小事。我認為它不但適合去土耳其短期旅遊的人（尤其是背包客族群），也相當適合因工作或是就學將長期居留的人用來自學，因為此書對於融入當地生活絕對會有很大的幫助。

學習土耳其語帶給我莫大的收穫，這是我在學習其他熱門外語時沒有體會過的。建議您不要套用其它學習外語的經驗，試著先跳脫主流用一種更開闊的心去接觸它。本書的作者馬仕強老師是個對外國人非常有經驗的專業教師，相信在他的帶領之下，您也可以很快上手並愛上土耳其語。

魏宗琳

如何使用本書

Step 1　學習土耳其語字母與發音

在開口說會話之前，先把土耳其語的字母與發音方法記起來吧！

MP3
跟著老師多聽多練習，掌握發音技巧，說出最標準的土耳其語！

寫　法
從土耳其語29個字母開始，一字一字學習！

寫寫看
一邊寫一邊開口說，手到＋口到，記得更清楚！

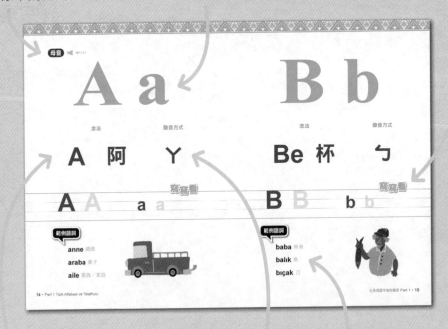

念　法
字母的念法，用羅馬拼音及中文輔助學習！

發音方式
字母在單字中應有的發音方式，請跟著MP3一起練習！

範例語詞
學完一個字母，用相關單字輔助，立刻增加單字量！

Step 2　學習土耳其語會話

學習在土耳其生活一定會用到的實用會話，從基本寒暄到不同場景狀況下的應用，勇敢開口說，溝通沒問題！

篇　名

21個單元，依場景及主題區分，學習各種狀況下最實用的會話！

MP3

聆聽MP3並跟著朗讀，發音會更標準漂亮！

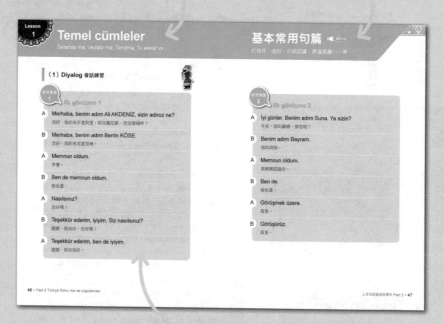

會話練習

就像廣播劇般生動有趣的擬真會話，這就是土耳其人的生活！

基本常用句

精選最實用的短句，生活上天天用得到！

（2）Temel Cümleler 基本常用句

寒暄 **Selamlaşma**

1　Günaydın. 早安。

2　Hayırlı sabahlar. 早上好。

3　İyi günler. 午安。

4　İyi akşamlar. 晚安。

5　İyi geceler. 晚安。（睡前）

6　Hoş geldiniz. 歡迎光臨。

7　Hoş bulduk. （用以回應「歡迎光臨」）

8　Merhaba. 你好。

9　Merhaba Ayşe Hanım. 你好，愛雪小姐。

10　Merhaba Lin Bey. 你好，林先生。

11　Merhabalar. 大家好。

12　Nasılsın? 你好嗎？

土耳其
小常識

和土耳其朋友打招呼

在土耳其和人們交談、認識或是道別……等不同場合上，有很多含意相似的詞句。像是：nasılsın、nasılsınız、ne var ne yok、ne haber、nasıl gidiyor和ne iş。對和社經地位高於自己的人或是年長的人說ne haber會被視為不尊敬。向與自己平等關係的人，就可以說sen nasılsın；向位階高於自己的人說siz nasılsınız才符合禮儀。

我們應學會表達尊敬的說法。對我們從不認識的男性要稱beyefendi；女性則稱hanımefendi。知道姓名的男性要稱某某Bey（Park Bey）；知道姓名的女性則稱某某Hanım（Lee Hanım）。也有比較通俗的稱呼方式，舉例來說：對不認識的男性會稱作amca（大叔）、dayı（舅舅）、abi（大哥）kardeş（兄弟）；女性則稱hala（姑姑）、teyze（阿姨）、abla（大姊）。像：Amca bana yardım eder misin?（大叔，你可以幫我嗎？）或Teyze buralarda banka var mı?（阿姨這裡有銀行嗎？）

土耳其人個性比較熱情，在路上您能見到手挽著手或手牽著手一起走著的人。男性在認識或道別的時候，不是會握手就是會親吻兩邊臉頰。對彼此認識的男人來說親吻臉頰是一件非常正常的事情，女性來說也適用。特殊節日的時候，長輩會親吻晚輩的臉頰，晚輩則會親吻長輩的手背，請別誤會他們的習俗。

土耳其語會話與應用 Part 2・69

土耳其小常識

配合各單元主題，介紹土耳其的生活習慣、用語、社會現況……等，了解土耳其，學習更有趣！

Step 3　精彩附錄

　　本單元整理了土耳其基本資訊、以及生活常用基礎單字、實用句，搭配「急救標音法」，就算沒時間紮實學習，也能臨陣磨槍現學即用！

土耳其基本資訊
不管是觀光旅遊、洽商會談、留學交誼，一定要認識土耳其！

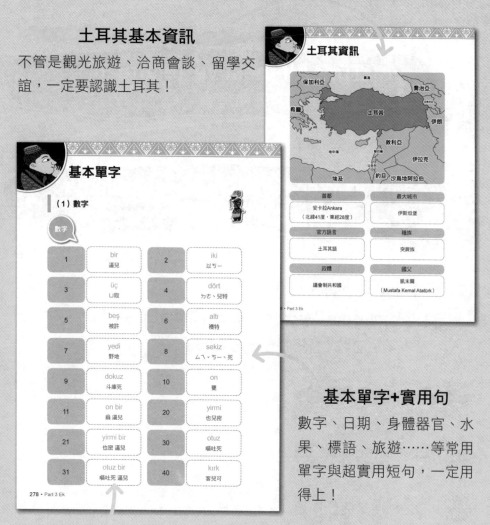

基本單字+實用句
數字、日期、身體器官、水果、標語、旅遊……等常用單字與超實用短句，一定用得上！

SOS標音
一急起來就結結巴巴開不了口嗎？貼心用中文、注音輔助，就是讓你緊張的時候也說得出來！

İçindekiler目錄

Part 3 | **Ek**
附錄 **275**

Part 1

Türk Alfabesi ve Telaffuzu

土耳其語字母和發音

土耳其語是一種怎麼寫就怎麼念；怎麼念就怎麼寫的語言。在開口說會話之前，先把字母與發音方法記起來吧！

 **母音** 🔊 MP3-01

A a

念法	發音方式
A 阿	ㄚ

寫寫看

A A a a

 **範例語詞**

anne 媽媽

araba 車子

aile 家族／家庭

B b

念法 | 發音方式

Be 杯 | ㄅ

寫寫看

B B b b

範例語詞

baba 爸爸

balık 魚

bıçak 刀

C c

念法	發音方式
Ce 街	ㄐ

寫寫看

C C   c c

範例語詞

cüzdan 皮夾／錢包

Cuma 星期五

cep 口袋

念法　　　　　　　　發音方式

Çe 切　　　　　ㄑ

寫寫看

Ç　Ç　　　ç　ç

範例語詞

çocuk 小孩

çanta 包包

çiçek 花

D d

念法

發音方式

De ㄉㄟ

ㄉ

寫寫看

D D   d d

範例語詞

deniz 海

dokuz 九（9）

dağ 山

母音

E e

念法

發音方式

E ㄟ ㄟ

寫寫看

E E e e

範例語詞

ev 家

el 手

elma 蘋果

F f

念法
發音方式

Fe 非

ㄈ

寫寫看

F F

f f

範例語詞

fare 老鼠

futbol 足球

fotoğraf 相片

G g

念法 | 發音方式

Ge 《ㄟ | 《

寫寫看

G G   g g

gemi 大船

gazete 報紙

göz 眼睛

Ğğ

念法

yumuşak ge

發音方式

不發音（拉長前音）

Ğ Ğ ğ ğ

＊土耳其語中沒有以ğ開頭的字詞。

H h

念法

發音方式

He 黑

ㄏ

寫寫看

H H h h

範例語詞

hamam 土耳其澡堂

havlu 毛巾

hasta 病患／生病的

I ı

念法 | 發音方式

ㄧ ㄜ | ㄜ

寫寫看

範例語詞

ırmak 河

ışık 光

ıslak 濕的

母音

念法　　　　　　　發音方式

i — —

寫寫看

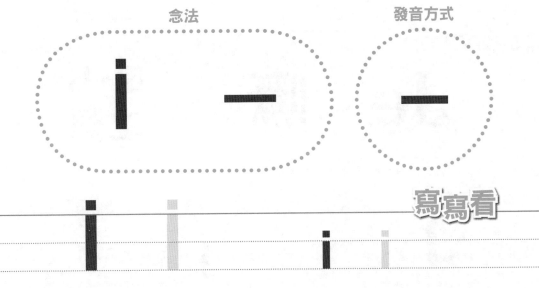

範例語詞

inek 母牛

ip 線／繩

iyilik 善行／好處

J j

念法

Je 嘬

發音方式

ㄖ、ㄐ
之間

寫寫看

J J J j j j

範例語詞

Japon 日本

jandarma 武裝警察

jilet 刮鬍刀

K k

念法 | 發音方式

Ke ㄎㄟ | **ㄎ**

寫寫看

K K k k

範例語詞

kebap 沙威瑪

kardeş 兄弟姐妹

kapı 門

L l

念法

Le ㄌㄟ

發音方式

ㄌ

寫寫看

L L L l l l

範例語詞

lale 鬱金香

limon 檸檬

lise 高中

M m

Me ㄇㄟˋ

ㄇ

寫寫看

M M   m m

範例語詞

menü 菜單

mavi 藍色

masa 桌子

N n

念法

Ne ㄋㄟ

發音方式

ㄋ

寫寫看

N N n n

範例語詞

nar 石榴

Nisan 四月

nazik 有禮謙恭的

母音

O o

念法

O 喔

發音方式

ㄡ

寫寫看

O O o o

範例語詞

orman 森林

okul 學校

otobüs 巴士

母音

Ö ö

念法

Ö 嘔

發音方式

嘔

（近嘔吐音）

寫寫看

Ö Ö ö ö

範例語詞

ördek 鴨子

öğretmen 老師

öğrenci 學生

P p

念法　　　　　發音方式

Pe 胚　　　ㄆ

寫寫看

P P　　p p

範例語詞

polis 警察

park 公園

pilot 飛行員

R r

Re ㄖㄝ

ㄖ、ㄌ之間

寫寫看

R R r r

renk 顏色

rol 角色

rüya 夢

S s

Se ム乁　　　ム

寫寫看

S S S s s

範例語詞

su 水

savaş 戰爭

sandalye 椅子

念法

發音方式

Şe 薛

TU

寫寫看

Ş Ş   ş ş

şarap 酒

şarkı 歌

şeker 糖

T t

念法　　　　　　發音方式

Te ㄊㄟ　　ㄊ

寫寫看

T T t t

範例語詞

tren 火車

tuz 鹽

terlik 拖鞋

母音

U u

念法

 U ×

發音方式

 ×

寫寫看

U U u u

範例語詞

ucuz 便宜的

uyku 睡意

uzak 遠的

母音

Ü ü

念法   發音方式

Ü ㄩ   ㄩ

寫寫看

Ü Ü   ü ü

範例語詞

üzüm 葡萄

ülke 國家

ünlü 有名的

V v

念法
Ve ㄈㄟ

發音方式
ㄈ
（咬下唇）

寫寫看

V V v v

範例語詞

valiz 行李

vakit 時間

vize 簽證

念法　　　　　　　發音方式

Ye 耶　　一

寫寫看

Y Y　y y

範例語詞

yılan 蛇

yemiş 乾果

yeni 新的

Z z

念法

發音方式

Ze ㄗㄟ

ㄗ

寫寫看

Z Z z z

範例語詞

zeytin 橄欖

zaman 時間

zürafa 長頸鹿

土耳其語的字母與發音

　　土耳其語中共有29個字母，其中沒有拉丁字母中的q、w、x三個字母。有8個母音a、e、ı、i、o、ö、u、ü，加上21個子音b、c、ç、d、f、g、ğ、h、j、k、l、m、n、p、r、s、ş、t、v、y、z。沒有以ğ開頭的字詞。

　　土耳其語是一種怎麼寫就怎麼念；怎麼念就怎麼寫的語言。子音後面加上母音而形成聲音。例如：ba（巴）、be（杯）、bı（ㄅㄜ）、bi（逼）、bo（波）、bö（ㄅ嘔）、bu（ㄅㄨ）、bü（ㄅㄩ）或是ca（家）、ce（街）、cı（ㄐㄜ）、ci（機）、co（糾）、cö（ㄐ嘔）、cu（ㄐㄨ）、cü（居）。

　　念單字時要注意它的發音，例如：ba（巴）şa（需啊）rı（熱／樂之間）＝başarı成功；rü（乳）ya（訝）＝rüya夢；si（ｃ）ga（嘎）ra（ㄖ阿）＝sigara香菸。

Türkçe Konuşma ve uygulama

土耳其語會話與應用

從基本的打招呼常用句開始,學習實用的土
耳其語會話,邁開步伐前往土耳其,勇敢開口
說,體驗您的美好旅程!

Temel cümleler

(Selamlaşma, Vedalaşma, Tanıtma, Teşekkür vs.)

（1）Diyalog 會話練習

初次見面 1

İlk görüşme 1

A Merhaba, benim adım Ali AKDENİZ, sizin adınız ne?

您好，我的名字是阿里・阿克戴尼斯，您怎麼稱呼？

B Merhaba, benim adım Berrin KÖSE.

您好，我的名字是貝琳。

A Memnun oldum.

幸會。

B Ben de memnun oldum.

我也是。

A Nasılsınız?

您好嗎？

B Teşekkür ederim, iyiyim. Siz nasılsınız?

謝謝，我很好。您好嗎？

A Teşekkür ederim, ben de iyiyim.

謝謝，我也很好。

İlk görüşme 2

A İyi günler. Benim adım Suna. Ya sizin?

午安。我叫蘇娜。那您呢？

B Benim adım Bayram.

我叫拜朗。

A Memnun oldum.

很高興認識你。

B Ben de.

我也是。

A Görüşmek üzere.

再見。

B Görüşürüz.

再見。

Sabahleyin

A Günaydın, Mehmet, ne haber?

早安美合美特，近來如何？

B Günaydın, Zeren, iyilik, senden ne haber?

早安潔嵐，很好，那你好嗎？

A İyiyim, sağ ol.

我很好，謝了。

B Nereye gidiyorsun?

你要去哪裡？

A İşe gidiyorum.

我要去上班。

B Peki, görüşürüz.

好吧，再見。

（2）Temel Cümleler 基本常用句

Selamlaşma

1	Günaydın. 早安。
2	Hayırlı sabahlar. 早上好。
3	İyi günler. 午安。
4	İyi akşamlar. 晚安。
5	İyi geceler. 晚安。（睡前）
6	Hoş geldiniz. 歡迎光臨。
7	Hoş bulduk. （用以回應「歡迎光臨」）
8	Merhaba. 你好。
9	Merhaba Ayşe Hanım. 你好，愛雪小姐。
10	Merhaba Lin Bey. 你好，林先生。
11	Merhabalar. 大家好。
12	Nasılsın? 你好嗎？

13 Nasılsınız, iyi misiniz? 您／你們好嗎？

14 İyiyim, teşekkür ederim. 我很好，謝謝。

15 Nasılsınız? 您／你們好嗎？

16 İyiyim, ya siz? 我很好，您／你們呢？

17 Ne haber? 怎麼樣，有什麼消息？（平輩用語）

18 Ne var ne yok? 最近怎麼樣？（平輩用語）

19 İyiyim ya sen? 我很好，你呢？（平輩用語）

20 Ne yapıyorsun? 你好嗎？／你在做什麼？（平輩用語）

21 Ne iş? 怎麼樣，近來如何／在做什麼？

22 İyiyim, teşekkürler. 我很好，謝謝。

23 İyilik, sağlık. 挺好的。

24 Her zamanki gibi. 一如往常。

25 Nasıl olsun! Gördüğün gibi. 就這樣！像你看到的一樣。

26 Selam. 你好。

27	Selamlar. 你們好。
28	Selamünaleyküm. 你好。
29	Selam Beyefendi. 先生你好。
30	Selam Hanımefendi. 小姐你好。
31	Size Mehmet Bey'in selamı var. 美合美特先生向您／你們問好。
32	Ayşe Hanım'a selam söyleyin. 請替我向愛雪小姐問好。
33	Sizi gördüğüme sevindim. 見到您／你們我很開心。
34	Zahmet etmişsiniz. 麻煩您／你們了。
35	Niçin zahmet ettiniz? 您／你們太客氣了？（表達感謝的客套話）

介紹認識

Tanışma

1	Kendinizi tanıtır mısınız? 您／你們可以自我介紹一下嗎？
2	Sizin adınız ne? 您的名字是？
3	Sizin isminiz ne? 您的名字是？

4　İsminiz ne? 你的名字是？

5　Adınız ne? 您的名字是？

6　Ben Özcan. 我是歐司強。

7　Benim adım Dursun. 我的名字是杜爾孫。

8　Benim adım Lin, ya sizin? 我的名字是林，您呢？

9　Kaç yaşındasınız? 您／你們幾歲？

10　Kırk(40) yaşındayım. 我四十（40）歲。

11　Nereden geliyorsunuz? 您／你們從哪裡來？

12　Hangi uyruktansınız? 您／你們來自哪個國家？

13　Hangi ülkeden geliyorsunuz? 您／你們來自哪個國家？

14　Hangi millettensiniz? 您／你們是哪國人？

15　Uyruğunuz ne? 您／你們是哪國人？

16　Tayvan'dan geliyorum. 我從台灣來。

17　Nerelisiniz? 您／你們是哪裡人？

18	Tayvanlıyım. 我是台灣人。
19	Hangi şehirde yaşıyorsunuz? 您／你們生活在哪個城市？
20	Ankaralıyım. 我是安卡拉人。
21	Tayvan'a gidiyorum. 我正要去台灣。
22	Ne zamandan beri Türkiye'desiniz? 您／你們從什麼時候開始待在土耳其的？
23	Üç yıldır Türkiye'deyim. 我待在土耳其已經三年了。
24	Kaç yıldır buradasınız? 您／你們在這多少年了？
25	Üç yıldan beri buradayım. 我從三年前便在這裡了。
26	Siz daha önce tanışmış mıydınız? 你們之前認識嗎？
27	Biz daha önce tanışmış mıydık? 我們之前認識嗎？
28	Hayır, tanışmamıştık. 不，我們之前不認識。
29	Hayır, sizi ilk defa görüyorum. 不是，我是第一次見到您。
30	Sizi arkadaşımla tanıştırmak istiyorum. 我想要介紹您／你們跟我的朋友認識。

| 31 | Bu arkadaşım Lin. 這是我的朋友林。 |

| 32 | Size arkadaşım Wang'ı tanıtayım.
讓我為您／你們介紹我的朋友王先生。 |

| 33 | Memnun oldum. 幸會。 |

| 34 | Ben de memnun oldum. 我也感到幸會。 |

| 35 | Tanıştığıma memnun oldum. 很高興認識您。 |

家庭

Aile

| 1 | Kaç kardeşiniz var? 您／你們有幾個兄弟姊妹？ |

| 2 | Üç kardeşim var. 我有三個兄弟姊妹。 |

| 3 | Ailenizle beraber mi oturuyorsunuz? 您／你們與家人同住嗎？ |

| 4 | Aileniz nerede oturuyor? 您／你們的家人住在哪裡？ |

| 5 | Ailem Taipei'de oturuyor. 我的家人住在台北。 |

| 6 | Evinizin adresi ne? 您／你們家裡地址是？ |

| 7 | Bekar mısınız? 您／你們是單身嗎？ |

8 **Sözlü müsünüz?** 您有婚約了嗎？

9 **Nişanlı mısınız?** 您／你們訂婚了嗎？

10 **Evli misiniz?** 您／你們結婚了嗎？

11 **Evet, evliyim.** 是的，我已婚。

12 **Çocuğunuz var mı?** 您／你們有小孩嗎？

13 **Kaç çocuğunuz var?** 您／你們有幾個小孩？

14 **İki çocuğum var.** 我有兩個小孩。

15 **Kız mı erkek mi?** 是女生還是男生？

16 **Bir kız bir erkek iki çocuğum var.** 我有一女一男兩個小孩。

17 **Oğlunuz kaç yaşında?** 您／你們的兒子幾歲？

18 **Oğlum iki yaşında.** 我的兒子兩歲大。

19 **Kızınız kaç yaşında?** 您／你們的女兒幾歲？

20 **Kızım 4 yaşında.** 我的女兒四歲大。

Yaşanılan yer

1	Evinizin adresini söyler misiniz? 可以告訴我您／你們的住址嗎？
2	Nerede oturuyorsunuz? 您／你們住在哪裡？
3	Hangi mahallede oturuyorsunuz? 您／你們住在哪一區？
4	Taipei'de oturuyorum. 我住在台北。
5	İstanbul'da yaşıyorum. 我生活在伊斯坦堡。
6	Nerede kalıyorsunuz? 您／你們待在哪裡？
7	Otelde kalıyorum. 我暫住飯店。
8	Hangi otelde kalıyorsunuz? 您／你們住在哪家飯店？
9	Ev, sizin mi, kiralık mı? 房子是您／你們的嗎？還是租的？
10	Ev kiralık, kiralık bir evde oturuyorum. 房子是租的，我租房子住。
11	Tek başınıza mı kalıyorsunuz? 您是自己住嗎？
12	Ne kadar kira veriyorsunuz? 您／你們付多少租金？
13	Ayda beş yüz(500) lira kira veriyorum. 我每個月付五百（500）里拉的租金。

14 Telefon numaranız kaç? 您／你們的電話號碼是幾號？

15 Telefonunuz var mı? 您／你們有電話嗎？

工作 İş

1 Mühendisim. 我是工程師。

2 Bir fabrikada mühendislik yapıyorum. 我在這個工廠擔任工程師。

3 Eşiniz çalışıyor mu? 您的另一半工作嗎？

4 Eşim de çalışıyor. 我的先生／太太也在工作。

5 Eşiniz nerede çalışıyor? 您的另一半在哪裡工作？

6 Eşim bir okulda öğretmenlik yapıyor. 我的先生／太太在學校教書。

7 Kartvizitiniz var mı? 您有名片嗎？

8 İşte kartım. 這是我的名片。

9 Nerede çalışıyorsunuz? 您／你們在哪裡上班？

10 Ne iş yapıyorsunuz? 您／你們是從事什麼行業的？

11 E-mail adresiniz ne? 您／你們的電子信箱是？

12 İşler nasıl? 事情／工作怎麼樣了？

13 İyi çalışmalar. 工作順利。

14 Kolay gelsin. 祝工作順利。

道別

Vedalaşma

1 Kendinize dikkat edin. 您／你們保重。（自己小心注意）

2 Kendinize iyi bakın. 您／你們保重。（好好照顧自己）

3 Geldiğinize sevindim. 您／你們來我很高興。

4 En yakın zamanda görüşmek üzere. 近期再見。

5 Allahaısmarladık. 再見。

6 Bay bay. 掰掰！

7 Görüşmek üzere. 再見。（很快能見面）

8 Görüşürüz. 再見。（我們再見）

9 Güle güle. 再見。（笑著（離開））

10	Güle güle gidin. 再見。請慢走。
11	Hoşça kal. 再見。（離去的人說，用於第二人稱）
12	Hoşça kalın. 再見。（離去的人說，用於第二人稱多數，為較尊敬／多數的用法）
13	Kalın sağlıcakla. 再見。
14	Allah'a emanet ol. 再見，願阿拉保佑你。
15	Sizi rahatsız etmeyeyim. 我就不打擾您／你們了。
16	Yine bekleriz. 下次再來。
17	Tekrar gelin, yine bekleriz. 歡迎您／你們再來。
18	Tekrar görüşmek üzere. 再會。
19	Yarın görüşmek üzere. 明天見囉。
20	Yarın görüşürüz. 明天見。
21	İyi eğlenceler. 玩得開心。
22	İyi hafta sonları. 週末愉快。
23	İyi tatiller. 假期愉快。

Teşekkür etme ve özür dileme

1	Çok sağ olun.	很感謝。
2	Çok teşekkür ederim.	我非常感謝。
3	Geldiğiniz için teşekkür ederim.	謝謝您／你們來。
4	Teşekkür ederim.	謝謝。（較尊敬的用法）
5	Teşekkürler.	謝謝。
6	Yaptıklarınız için teşekkürler.	謝謝您／你們所做的一切。
7	Her şey için teşekkürler.	感謝您所做的一切。
8	Sağ ol.	謝了。（平輩用語）
9	Sağ olun!	多謝！（較尊敬）
10	Allah razı olsun!	謝謝。（年長者使用）
11	Size minnettarım.	真是相當感激您。（接受幫助好處之後）
12	Size müteşekkirim.	真是相當感激您。（接受幫助好處之後）
13	Size nasıl teşekkür edeceğimi bilemiyorum. 我不知道該怎麼謝謝您／你們才好。	

14 Affedersiniz. 不好意思。

15 Pardon. 不好意思。

16 Lütfen. 請。

17 Rica ederim. 不客氣。

18 Bakar mısınız? 您／你們可以看／注意一下嗎？

19 Bana yardım eder misiniz? 您／你們可以幫助我嗎？

20 Mümkün mü? 有可能嗎？

21 Olur mu? 可以嗎？

22 Bir ricam olacak. 我有個請求。

23 Lütfen, rica ederim. 拜託。

24 Bir isteğiniz olursa çekinmeyin. 有需要的話請不要客氣。

25 Özür dilerim. 對不起。

26 Tebrikler 恭喜。

語言

Yabancı dil

1 Biraz Türkçe biliyorum. 我懂一點土耳其語。

2 Arkadaşlarınızla devamlı Türkçe konuşunuz.
請您／你們持續和朋友們說土耳其語。

3 Çok güzel Türkçe konuşuyorsunuz.
您／你們的土耳其語說得很好。

4 Türkçe biliyor musunuz? 您／你們懂土耳其語嗎？

5 Ne zamandan beri Türkçe öğreniyorsunuz?
您／你們從什麼時候開始學土耳其語的？

6 Türkçe'yi nerede öğrendiniz? 您／你們是在哪學的土耳其語？

7 Türkçe öğrenmeye yeni başladım. 我剛開始學土耳其語。

8 Türkçem nasıl? 我的土耳其語怎麼樣？

9 Türkçemi geliştirmek istiyorum. 我想要加強我的土耳其語。

10 Okuduklarımı anlıyorum ama konuşamıyorum.
我看得懂讀到的東西，但沒辦法／不會說。（能力上做不到）

11 Söylediklerinizi anlamıyorum. 我不明白您／你們說的。

12 Teleffuzum çok kötü. 我的發音很糟。

13 Pratik yapmam lazım. 我需要做練習。

14 Kelime bilgim zayıf. 我的字彙量少。

15 Kelimeleri karıştırıyorum. 我把那些字搞混了。

16 Lütfen tekrar ediniz. 請再重複一次。

17 Lütfen yavaş konuşun. 請你/你們說慢點。

18 Biraz anlıyorum. 我稍微了解。

19 Bunun Türkçe anlamını bilmiyorum.
我不知道這個土耳其語的意思。

20 Çok hızlı konuşuyorsunuz, anlamıyorum.
您/你們說得太快了,我不懂。

21 Ne zaman Türkçe konuşabileceğim?
我什麼時候才能會說土耳其語?

 表達情緒看法

Memnuniyet ve hoşnutsuzluk

1 Çok doğru. 非常正確。

2 Çok komik. 很好笑。

3 Fena değil. 不錯。

4 Eh! Fena değil. 嗯！還行。

5 Seve seve. 很樂意。

6 Memnuniyetle. 很榮幸。

7 Fark etmez. 沒有差。

8 Şöyle böyle. 差不多／就這樣。

9 Önemli değil. 沒關係／不要緊／沒什麼。

10 Bence sakıncası yok. 我沒問題。

11 Kabul ediyorum. 我同意／我接受。

12 Sorun değil. 不成問題。

13 Tabii. 當然。

14 Tamam. 好。

15 Ne önemi var! 有什麼重要的！

16 Aman Allahım! 唉呦我的天啊！

17 Neden olmasın! 有何不可！

18 Eminim. 我確定。

19 Hayır, bilmiyorum. 不，我不知道。

20 Çok gençsiniz. 您／你們很年輕。

21 Çok güzel. 很好／很棒／很漂亮。

22 Çok iyisiniz. 您／你們很好。

23 Çok kibarsınız. 您／你們很有禮貌。

24 Çok naziksiniz. 您／你們很有禮謙虛。

25 Hazırım. 我準備好了。

26 Evet. 是。

27 Hayır. 不是。

28 Oldu. 成了。

29 Olur. 可以。

30 Olabilir. 有可能。

31 Olmaz. 不行。

32 Elbette! 當然！

33 Peki. 好吧。

34 Sana ne? 關你什麼事？

35 Vallahi. 真的。

Sık kullanılan sorular

1 Bu kim? 這是誰？

2 Bu ne? 這是什麼？

3 Ne? 什麼？

4 Kim? 誰？

5 Ne zaman? 什麼時候？

6 Nerede? 在哪裡？

7 Niçin? 為什麼？

8 Nereye gidiyorsunuz? 您／你們要去哪裡？

Çok kullanılan sözler

其他慣用語

1 Baksana! 嘿，你看！

2 Bak. 看。

3 Dikkat. 小心。

4 Dinle. 聽／聽著。

5 Şimdi. 現在。

6 Çabuk. 快點。

7 Yavaş. 慢。

8 Hadi gidelim. 快點！我們走吧！

9 Bir dakika. 等一下。

10 Derhal. 立刻／馬上。

11 Hemen. 馬上／幾乎。

12 Biraz. 一點。

13 Çok. 非常／多。

14 Kesinlikle. 絕對。

15 Var. 有。

16 Yok. 沒有。

土耳其
小常識

和土耳其朋友打招呼

在土耳其和人們交談、認識或是道別……等不同場合上，有很多含意相似的詞句。像是：nasılsın、nasılsınız、ne var ne yok、ne haber、nasıl gidiyor和ne iş。對和社經地位高於自己的人或是年長的人說ne haber會被視為不尊敬。向與自己平等關係的人，就可以說sen nasılsın；向位階高於自己的人說siz nasılsınız才符合禮儀。

我們應學會表達尊敬的說法。對我們從不認識的男性要稱Beyefendi；女性則稱Hanımefendi。知道姓名的男性要稱某某Bey（Park Bey）；知道姓名的女性則稱某某Hanım（Lee Hanım）。也有比較通俗的稱呼方式，舉例來說：對不認識的男性會稱作amca（大叔）、dayı（舅舅）、abi（大哥）、kardeş（兄弟）；女性則稱hala（姑姑）、teyze（阿姨）、abla（大姊）。像：Amca bana yardım eder misin?（大叔，你可以幫我嗎？）或Teyze buralarda banka var mı?（阿姨這裡有銀行嗎？）

土耳其人個性比較熱情，在路上您能見到手挽著手或手牽著手一起走著的人。男性在認識或道別的時候，不是會握手就是會親吻兩邊臉頰。對彼此認識的男人來說親吻臉頰是一件非常正常的事情，女性來說也適用。特殊節日的時候，長輩會親吻晚輩的臉頰，晚輩則會親吻長輩的手背，請別誤會他們的習俗。

Lesson 2

Bankada

（1）Diyalog 會話練習

路上

Sokakta

A Beyefendi, buralarda banka var mı acaba?

先生請問一下，這附近有銀行嗎？

B Elbette var. Hangi bankayı soruyorsunuz?

當然有。您問的是哪家銀行呢？

A Fark etmez. Herhangi bir banka, ama yakın olsun.

無所謂。哪家都行，但要近的。

B Tamam. Şöyle 20 metre kadar yürüyün, sonra sağa dönün, banka postanenin yanında.

好。這樣走20公尺之後右轉，銀行就在郵局旁邊。

A Teşekkür ederim.

謝謝。

B Bir şey değil.

小事一件。

銀行篇 MP3-03

Bankada 在銀行

A İyi günler hanımefendi bankanızda hesap açtırmak istiyorum.

小姐午安，我想要在你們銀行開戶。

C İyi günler beyefendi. Önce numara almanız gerek. Sıranız gelince yardımcı olurum.

先生午安。您需要先抽號碼牌，等叫到號時我會協助您。

(Birkaç dakika sıra bekledikten sonra)

（等待了幾分鐘後）

Buyurun beyefendi, hesap açtırmak isteyen siz miydiniz?

先生這邊請，是您要開戶嗎？

A Evet.

是的。

C Döviz hesabı mı, Türk lirası hesabı mı?

您要開的是外幣帳戶還是土耳其里拉帳戶呢？

A Her ikisini de açtırmak istiyorum ama önce şu çeki bozdurmak istiyorum.

兩個我都想開，但是我想先兌換這張支票。

C Tabii efendim birkaç dakika bekleyin lütfen. ... Buyurun efendim. Çekin karşılığı paranız.

當然，請您等我幾分鐘……先生，這邊是支票兌換的錢。

A Teşekkürler, bu paranın tümüyle döviz alıp döviz hesabına yatırmak istiyorum. Ayrıca şehir dışından bir para havalem gelecekti. Onunla da Türk lirası hesabı açtırmak istiyorum.

謝謝，我要把這些全部換匯存到外幣帳戶裡。除此之外我會有一筆從外縣市的匯款，我要用那些錢來開我的土耳其里拉帳戶。

C Buyurun efendim işleminiz bitti.

先生您的手續已經都辦理完畢了。

A Sağ olun. Özür dilerim bugünkü kur nedir?

謝謝您。抱歉，請問今天的匯率是多少？

C Bugünkü kuru panoda görebilirsiniz efendim. İyi günler.

您可以在告示板上看到今天的匯率。再見。（午安）

A İyi günler.

再見。（午安）

（2）Temel Cümleler 基本常用句

Sık kullanılan cümleler

1	Bu yakınlarda banka bulunur mu? 這附近有銀行嗎？
2	Buralarda banka var mı acaba? 不知道這附近有銀行嗎？
3	Burada İş Bankasının şubesi var mı? 這裡有事業銀行的分部嗎？
4	Bankamatikten paranızı çekebilirsiniz. 您／你們可以從自動櫃員機（ATM）領錢。
5	Buralarda bankamatik var mı? 這附近有自動櫃員機（ATM）嗎？
6	Para bozdurmak istiyorum. 我想要換錢。
7	Nerede para bozdurabilirim? 我可以在哪裡換錢？
8	Ne bozduracaksınız? 您／你們要換什麼？
9	Üzerimde para yok. 我身上沒有錢。
10	Nakit sıkıntısı çekiyorum. 我有現金上的困難。
11	Su ve elektrik faturalarımı yatırmak istiyorum. 我想要繳水費還有電費。

Genel banka işlemleri
一般銀行業務

| 1 | Vadeli hesap açtırmak istiyorum. 我想要開定存帳戶。 |

| 2 | Vadesiz hesap açtırmak istiyorum. 我想要開活期帳戶。 |

3 Eşim ve kendi adıma müşterek hesap açtırmak istiyorum.
我想要以我先生／太太和我的名義開共同帳戶。

| 4 | Vadesiz hesaplara faiz çok düşük. 活期帳戶的利息很低。 |

5 Vadeli hesaplara aylık yüzde 3 faiz veriyoruz.
我們每個月會給定存帳戶3%的利息。

6 Bu parayı hesabıma yatırmak istiyorum.
我想把這些錢存進我的帳戶。

| 7 | Hesabımdan para çekmek istiyorum. 我想要從我的帳戶領錢。 |

8 Ankara'ya bir miktar para havale etmek istiyorum.
我想要匯一筆錢到安卡拉。

| 9 | Havale kimin adına gelecekti? 匯款是匯到誰的帳戶？ |

| 10 | Havale ücreti alıyor musunuz? 你們收取匯款手續費嗎？ |

11 Yurt dışından adıma para gelecekti, geldi mi acaba?
我會有一筆從國外來的錢，不知道到了沒？

12 Hesabıma para gelmiş mi? 錢到我帳戶了嗎？

13 Maalesef havaleniz gelmemiş. 很遺憾您的匯款尚未到。

14 Çeklerimi bozdurmak istiyorum. 我想要兌換我的支票。

15 Senetlerimi bozdurmak istiyorum. 我要兌換我的本票。

16 Ev kredisi almak istiyorum. 我想要申請房屋貸款。

17 Araba kredisi almak istiyorum. 我想要貸款買車。

18 Bankanızdan kredi çekmek istiyorum. 我想向你們銀行貸款。

19 Senet yapacak mıyız? 我們要開本票嗎？

20 Kefil gerekli mi? 需要保證人嗎？

21 Nereyi imzalamam lazım? 我需要在哪裡簽名？

22 Şurayı imzalayın. 請在這裡簽名。

23 Banka cüzdanı verecek misiniz? 您會給我儲金簿嗎？

24 Banka kartımı kaybettim, yenisini almak istiyorum.
我搞丟了我的提款卡，我想要申請新卡。

25 Kredi kartı alabilir miyim? 我能申請信用卡嗎？

26 Kredi kartı kullanmak istemiyorum. 我不想使用信用卡。

27 Kredi kartımı iptal ettirmek istiyorum. 我想要取消我的信用卡。

28 Parayı nereden alacağım? 我該從哪裡領錢？

29 Parayı vezneden alacaksınız. 您／你們要到出納處領錢。

Döviz işlemleri

1 Döviz bürosu nerede? 外幣兌換處在哪裡？

2 Kambiyo bölümü nerede? 匯兌部門在哪裡？

3 Avro bozdurmak istiyorum. 我想要換歐元。

4 Kaç Avro bozdurmak istiyorsunuz? 您／你們想換多少歐元呢？

5 Dolar bozdurmak istiyorum. 我想要換美金。

6 Kaç dolar bozduracaksınız? 您／你們要換多少美金？

7	Yüz dolar bozdurmak istiyorum. 我想要換一百美金。
8	Doları Türk lirasına çevirmek istiyorum. 我想要把美金換成土耳其里拉。
9	Yüz dolar kaç Türk lirası ediyor? 一百美金等於多少土耳其里拉？
10	Bugünkü kur ne? 今天匯率是多少？
11	Döviz hesabı açtırmak istiyorum. 我想要開外幣帳戶。

換錢

　　對即將要去土耳其的人來說，身邊自然需要帶著要用的錢。在土耳其購物時，用的是土耳其里拉，但有些地方也能使用美金或歐元。為了在土耳其能用土耳其里拉，首先需要把美金或歐元換成土耳其里拉。外幣在土耳其語中稱為「döviz」，您的外幣可以在銀行或是黃金和外幣兌換處兌換。相較於銀行，您能在金子和外幣兌換處換到比較好的匯率。但是不同的兌換處可能會有不同的匯率，所以說建議您多看幾家兌換處。

Lokantada

（1）Diyalog 會話練習

辦公室裡 **Ofiste**

A Kahvaltını yaptın mı?

你吃過早餐了嗎？

B Evet, çok iyi bir kahvaltı yaptım. Ama yine açım.

嗯，我吃了很棒的早餐。但我還是覺得餓。

A Kahvaltıda ne yedin?

你早餐吃了什麼？

B Her zamanki şeyler: yumurta, zeytin, peynir... Ya sen?

跟平常一樣的東西：蛋、橄欖、起司⋯⋯你呢？

A Ben bu sabah bir şey yemedim. Evden erken çıktım.

我今天早上什麼都沒吃。我很早就出門了。

B Tamam. O zaman, öğle yemeğini beraber yiyelim.

好吧，那我們一起吃午餐吧。

A İyi olur.

好啊。

餐廳篇 MP3-04

餐廳裡
Lokantada

A Garson Bey, bakar mısınız?

服務生，可以來一下嗎？

B Buyurun, hoş geldiniz. Ne alırdınız?

是的，歡迎光臨。請問要點什麼？

A Biz çok açız. Bize hemen iki çorba. Çorbalardan ne var?

我們肚子很餓，馬上給我們兩碗湯。今天有什麼湯？

B Ezo Gelin ve Mercimek çorbaları var.

有新娘湯和扁豆湯。

A İyi. İki Ezo Gelin olsun.

好，那來兩碗新娘湯。

B Oldu efendim. Başka arzunuz var mı?

好的，小姐，請問還有別的需求嗎？

A Etli yemeklerinden ne var?

肉類食物有哪些？

B Menü şurada. Buyurun, bakın efendim.

這裡有菜單。小姐請看菜單。

A İki İskender kebap, birer porsiyon olsun.

兩份亞歷山大烤肉，一人一份。

B Hemen! İçecek ne alırsınız?

好的，馬上來！需要喝什麼飲料嗎？

A İki kola alalım.

來兩瓶可樂。

B Yemekten sonra tatlı alacak mısınız?

飯後要用甜點嗎？

A Baklava var mı?

有土耳其千層派嗎？

B Maalesef efendim, kalmadı.

很遺憾已經賣完了。

A Sütlaç?

那米布丁呢？

B Maalesef efendim, sütlaç da yok.

小姐不好意思那也沒了。

A Peki, tatlı olarak ne var?

好吧，那有什麼甜點？

B Sadece tulumba tatlısı var.

只有外加糖漿的油炸甜食。

A Öyleyse, iki porsiyon tulumba tatlısı alalım.

這樣的話，那來兩份外加糖漿的油炸甜食。

B Tabi efendim, hemen.

當然，馬上來。

A Garson, bir bakar mısın?

服務生，可以來一下嗎？

B Buyurun efendim.

小姐請說。

A Masada bardak yok, bize iki bardak getir.

桌上沒杯子，給我們兩個杯子。

B Kusura bakmayın, hemen efendim.

真不好意思，馬上拿來。

A Sağ olasın.

謝謝了。

飯後

Yemekten sonra

A Garson Bey, hesabı getirir misin?

服務生，買單。

B İşte hesabınız. Hesaplar kasaya lütfen.

這是您的帳單。請到櫃台結帳。

A Teşekkürler... İyi günler. Elinize sağlık.

謝謝……再見。謝謝你們的服務。

B Afiyet olsun efendim, yine bekleriz.

祝您好胃口（向吃東西的人說），歡迎下次再來。

（2）**Temel Cümleler** 基本常用句

餐前

Yemekten önce

1	Acıktım. 我餓了。
2	Acıktın mı? 你餓了嗎？
3	Aç mısınız? 您／你們餓嗎？
4	Çok açım. 我肚子很餓。
5	Kurt gibi açım. 我餓得像狼一樣。
6	Çok fazla aç değilim. 我不是很餓。
7	Buralarda iyi bir lokanta var mı? 這附近有好的餐廳嗎？
8	Ucuz ve temiz bir lokanta biliyor musun? 你知道便宜又乾淨的餐廳嗎？
9	Buralarda kebapçı var mı? 這附近有賣烤肉的嗎？
10	Buralarda sulu yemek yapan yer var mı? 這附近有賣燉煮類食物的地方嗎？
11	Buralarda balık lokantası var mı? 這附近有魚餐廳嗎？

12 Buralarda çorbacı var mı? 這附近有賣湯的嗎？

13 Lokanta nerede? 餐廳在哪裡？

14 Pastane nerede? 糕餅店在哪裡？

15 Şöyle nezih bir yerde yemek yiyelim.
我們在這樣體面的地方吃飯吧。

Lokantada 在餐廳

1 Buyurun hoş geldiniz. 歡迎光臨，請進／請說。

2 Rezervasyonunuz var mıydı? 您／你們有訂位了嗎？

3 İki kişilik rezervasyon yaptırmak istiyorum.
我想要訂兩個人的位子。

4 İki kişilik rezervasyon yaptırmıştık. 我們訂了兩個人的位子。

5 İki kişilik masa, lütfen. 請給我兩個人的位子。

6 Bu masa boş mu? 這桌是空的嗎？

7 Daha bekleyecek miyiz? 我們還要等嗎？

8 Pencere kenarında bir masa, lütfen. 請給我們靠窗的位子。

| 9 | Sigarasız bölümden bir masa lütfen. 請給我禁菸區的位子。 |

| 10 | Şu masaya oturabilirsiniz. 您／你們可以坐在那一桌。 |

| 11 | Şu masayı toplayın lütfen. 請收拾一下那張桌子。 |

點餐

Sipariş vermek

| 1 | Garson bakar mısın? 服務生，可以來一下嗎？ |

| 2 | Garson buraya bak. 服務生來一下。 |

| 3 | Bir bardak su getir. 給我一杯水。 |

| 4 | Menüyü görebilir miyim? 我可以看菜單嗎？ |

| 5 | Yemek listesi masada. 菜單在桌上。 |

| 6 | Menüde neler var? 菜單上有什麼？ |

| 7 | Siparişlerinizi alabilir miyim? 我可以為您／你們點餐了嗎？ |

| 8 | Siparişlerimizi vermek istiyoruz. 我們想要點菜。 |

| 9 | Bize ne önerirsiniz? 您／你們有什麼推薦的嗎？ |

| 10 | Size İskender kebabı önerebilirim.
我可以向您／你們推薦亞歷山大烤肉。 |

11 Hafif bir şeyler yemek istiyorum. 我想吃點輕食。

12 Biraz ekmek getirebilir misiniz? 您／你們可以拿點麵包來嗎？

13 Bir dilim ekmek istiyorum. 我想要一片麵包。

14 Çorba içmek istiyorum. 我想喝湯。

15 Bana Ezo Gelin, lütfen. 請給我新娘湯。

16 Bir mercimek çorbası getirin. 請給我一碗扁豆湯。

17 Soğuk mezelerden ne var? 有哪些冷盤？

18 Bir kase yoğurt getirin. 請給我一碗優格。

19 Cacık ve salata istiyorum. 我要蒜泥優格和沙拉。

20 Kızarmış ekmek istiyorum. 我想要烤的麵包。

21 Kızarmış piliç var mı? 有烤雞嗎？

22 Sulu yemek yemek istiyorum. 我想吃一些燉煮的食物。

23 Sulu yemeklerden türlü var. 有湯汁的食物裡有綜合炖菜。

24 Patates kızartması var mı? 有薯條嗎？

25 Et yemeklerinden neler var? 有什麼肉類料理？

26 Ben köfte yemek istiyorum. 我想要吃肉丸。

27 Döner kebap yemek istiyorum. 我想吃沙威瑪。

28 Bir porsiyon döner, lütfen. 請給我一份沙威瑪。

29 Balıklardan ne var? 有哪些魚？

30 Balıklar taze mi? 魚新鮮嗎？

31 Balık ızgara lütfen. 請給我烤魚。

32 Tatlılardan ne var? 有什麼甜點？

33 Bir porsiyon kadayıf getirin. 請給我一份烤起司米粉餅。

34 Baklava yemek istiyorum. 我想要吃土耳其千層派。

35 İçeceklerden ne var? 有什麼飲料？

36 Çayınız var mı? 你們有茶嗎？

37 Ben bir fincan Türk kahvesi istiyorum. 我想要一杯土耳其咖啡。

38 Soğuk bir ayran lütfen. 請給我一杯冰加鹽優格飲料。

39 Soğuk bir kola getirir misiniz? 可以給我一瓶冰的可樂嗎？

40 Siparişlerimiz nerede kaldı? 我們點餐點到哪了？

41 Başka arzunuz? 還有其他的需求（食物）嗎？

42 Ne arzu ederdiniz? 您／你們是要點什麼？

43 İçecek olarak ne alırdınız? 您／你們點了什麼飲料？

44 Tatlı olarak ne alırdınız? 您／你們點了什麼甜點？

用餐

Yemek sırasında

1 Garson masada kaşık çatal yok. 服務生，桌上沒有餐具。

2 Burası nezih bir yer. 這裡是個很體面的地方。

3 Bu yemeğin tuzu eksik. 這道菜沒加鹽。

4 Yemek çok lezzetliydi. 食物很美味。

5 Yemek iyi pişmemiş. 食物沒煮熟。

6 Servis güzel değildi. 服務不好。

7 Sağlığına. 乾杯。

8 Şerefe. 乾杯。

9 En kötü günümüz böyle olsun.
希望最糟的日子就像這樣快樂。（聚會的時候說）

餐後

Yemekten sonra

1 Doydum. 我飽了。

2 Çok doydum. 我很飽。

3 Biraz daha alır mısın? 你還要再一點嗎？

4 Borcumuz ne kadar? 我們的多少錢？

5 Garson hesap lütfen. 服務生，請買單。

6 Bugün ben ısmarlamak istiyorum. 今天我想請客。

7 Bugün bendensin. 今天我請你。

8 Herkes kendi hesabını ödesin. 讓大家各付各的。

9 Hesabı ayrı ayrı ödeyelim. 我們分開付吧。

10 Galiba hesapta bir yanlışlık var. 這帳單可能有算錯。

11 Bahşiş vermek lazım. 需要給小費。

12 Çok pahalıymış. 好貴。

13 Kredi kartı geçiyor mu? 可以用信用卡嗎？

14 Üstü kalsın. 不用找（錢）了。

15 Elinize sağlık. 謝謝招待。（向烹煮食物的人／店家說）

16 Kesenize bereket. 祝生意興隆、荷包滿滿。

17 Yine bekleriz, güle güle. 歡迎再度光臨，再見。

18 Afiyet olsun. 祝您好胃口。（向吃東西的人說）

Kişisel yemek alışkanlığı

1 Eşim çok güzel yemek yapar. 我先生／太太很會做菜。

2 Kahvaltı yaptın mı? 你吃過早餐了嗎？

3 Genellikle kahvaltı yapmıyorum. 通常我不吃早餐。

4 Kahvaltı yapmadım. 我沒吃早餐。

5 Kahvaltıda neler yedin? 你早餐吃了什麼？

6 Kahvaltıda simit ya da poğaça yiyor bir bardak çay içiyorum.
我早餐會吃芝麻麵包或是土耳其麵包，還有喝一杯茶。

7 Kahvaltıda zeytin, peynir, sucuk yedim.
我早餐吃了橄欖、起司和香腸。

8 Öğle yemeğini nerede yiyorsunuz? 您／你們都在哪裡吃中飯？

9	Akşam yemeğini evde yiyorum. 我在家裡吃晚餐。
10	Rejim yapıyorum, yemek yemeyeceğim. 我在節食，我不吃。
11	Yağlı yemekleri sevmiyorum. 我不喜歡油膩的食物。

土耳其美食

　　土耳其美食的豐富與特殊讓它名列世界美食之一，對外國人來說有魚或肉料理；對素食者來說有蔬菜料理；對喜愛甜食的人來說有麵粉甜點，有相當多樣化的選擇。然而對外國人而言，沙威瑪（döner）、肉丸（köfte）和烤肉（kebap）又更特別了。一般來說外國人一開始多會選擇沙威瑪和另外淋下奶油和醬汁的烤肉，也就是我們所說的亞歷山大烤肉（iskender kebep）。

　　搭配食物一起喝的含酒精飲料首選就是茴香酒（rakı）；無酒精飲料則是鹹優格（ayran）。剛開始的時候可能會不習慣，習慣之後就會喝得很開心了。不是每家餐廳都有賣含酒精飲料，像是魚餐廳就有。但不管您到哪間餐廳去，飯後不是會招待茶（çay）就是土耳其咖啡（Türk kahvesi），這些都是免費的。有些咖啡廳在你喝完土耳其咖啡之後可能還會免費幫你做咖啡占卜。大部分的餐廳都是付現金或是使用信用卡。

Lesson 4

Otelde

（1）Diyalog 會話練習

飯店，民宿？

Otel mi, pansiyon mu?

A Affedersiniz, yardımcı olabilir misiniz?

不好意思，可以請您幫忙嗎？

B Buyurun, nasıl yardımcı olabilirim?

請說，有什麼我能協助的嗎？

A Buraların yabancısıyım. Ucuz ve temiz bir otel veya pansiyon arıyorum.

我對這裡不熟。我在找便宜又乾淨的旅館或是民宿。

B Size şehir merkezindeki tüm otelleri önerebilirim. Hepsi temiz ve ucuz.

市區裡的所有飯店我都能向您推薦，全部都乾淨又便宜。

A Oraya nasıl gidebilirim?

那我該怎麼去呢？

B Fazla uzak sayılmaz. Yürüyerek 15 dakikada gidebilirsiniz.

不算是很遠，走路大概15分鐘可以到。

A Teşekkürler.

謝謝。

飯店旅館篇 MP3-05

(15-20 dakika sonra, resepsiyonda.)

（15～20分鐘後，在民宿。）

A İyi günler, boş odanız var mı?

午安，請問有空的房間嗎？

C Var efendim. Tek kişilik mi, çift kişilik mi?

有的，請問是要單人房還是雙人房？

A Tek kişilik. Odada klima var mı?

單人房。房間有冷氣嗎？

C Var efendim. Tüm odalarımız klimalıdır.

有的，我們所有的房間都有冷氣。

A Sabahları kahvaltı veriyor musunuz?

早上有附早餐嗎？

C Elbette efendim. Kahvaltı ücrete dahildir ve açık büfedir.

當然，早餐是包含在費用裡的，是自助式的早餐。

A Odanın geceliği ne kadar?

房間一晚是多少錢？

C Kaç gün kalacaksınız?

您要住幾個晚上呢？

A Sadece bir gece kalacağım.

我只待一天。

C Peki efendim. Kayıt formunu doldurabilir misiniz?

好的，請填寫入住房客表格。

A Yardımcı olur musunuz? Neresini dolduracağım.

不好意思請問我該填哪些部分呢？

C Şuraya kimlik bilgilerinizi yazacaksınız, şuraya da imzanızı atacaksınız.

您須填寫這邊的基本資料以及在那裡簽名。

A Teşekkür ederim.

謝謝您。

C Buyurun, odanızın anahtarı. Dördüncü kat 403 numara.

這裡是房間的鑰匙。四樓403號房。

A Teşekkür ederim. Yarın erken kaldırabilir misiniz beni, uçağa yetişmeliyim.

謝謝您。明早可以請您早點叫我起床嗎？我必須趕飛機。

C Elbette efendim. Saat kaçta uyanmak istersiniz.

當然，請問您要幾點起床呢？

A Saat 7'de lütfen.

7點鐘。

C Peki, efendim.

好的。

（2）Temel Cümleler 基本常用句

Ücret

1 100 Dolar depozito alıyoruz. 我們要收100美元的押金。

2 Bebekler için ücret alıyor musunuz? 嬰兒要收費嗎？

3 Bir aylık peşin alıyoruz. 我們要預收一個月的費用。

4 Bir gecelik oda fiyatı ne kadar? 房間一晚的價錢是多少？

5 Biraz indirim yapar mısınız? 可以給一點折扣嗎？

6 Bu pansiyonun aylığı ne kadar? 這間民宿一個月是多少錢？

7 Buraların en ucuz pansiyonu hangisi?
這附近最便宜的民宿是哪一家？

8 Çocuklar için indirim yok mu? 小孩沒有打折嗎？

9 Döviz kabul ediyor musunuz? 你們收外幣嗎？

10 Fiyata kahvaltı dahil mi? 價錢是有包含早餐的嗎？

11 Her şey dahil 100 Lira. 100里拉全包。

12 Kredi kartıyla ödemem mümkün mü? 我能用信用卡付錢嗎？

13 Memur indirimi var mı? 有公務員優惠／折扣嗎？

14 Odanın geceliği ne kadar? 房間一晚是多少？

15 Otel ücreti çok pahalı. 飯店價格很高。

16 Öğrenci belgesi gerekli mi? 需要學生證明嗎？

17 Öğrenci indirimi yok mu? 沒有學生優惠／折扣嗎？

18 Tam pansiyon ne kadar, yarım pansiyon ne kadar?
包早、晚餐吃的是多少錢，只有早餐的又是多少？

19 Ücreti peşin mi alıyorsunuz? 你們是收現金嗎？

20 Yurdun geceliği kaç lira? 宿舍一晚是多少里拉？

打聽
住處

Konaklama ile ilgili bilgiler

1 Yurdun kantini var mı? 宿舍有食堂嗎？

2 Yurt okula uzak mı? 宿舍離學校遠嗎？

3 Yurt temiz mi? 宿舍乾淨嗎？

4 Yurtta klima var mı? 宿舍有冷氣嗎？

5 Yurtta yemekler pahalı mı? 宿舍裡的食物很貴嗎？

6 Yurttan okula nasıl gidebilirim? 從宿舍要怎麼去學校？

7 Affedersiniz, bir otel arıyorum. 不好意思我在找飯店。

8 Başka odanız yok mu? 你們沒有別的房間嗎？

9 Bir odada kaç kişi kalıyor? 一個房間住幾個人？

10 Boş odanız var mı? 你們有空房嗎？

11 Bu otel kaç yıldızlı? 這家飯店是幾星級的？

12 Buralarda öğrenci yurdu var mı? 這附近有學生宿舍嗎？

13 Buralarda temiz bir pansiyon var mı? 這附近有乾淨的民宿嗎？

14 Buraların en iyi oteli hangisi? 這附近最好的飯店是哪一家？

15 Daha büyük bir odanız yok mu? 你們沒有更大的房間了嗎？

16 Kız yurdu nerede? 女生宿舍在哪裡？

17 Mobilyalı bir oda arıyorum. 我在找有附家具的房間。

18 Mobilyalı odanız yok mu? 您／你們沒有有附家具的房間嗎？

19 Ne zaman taşınabilirim? 我什麼時候能搬進來？

20 Odalar klimalı mı? 房間有冷氣嗎？

21 Odalarda duş ve banyo var mı? 房間裡面有浴室嗎？

22 Odam ne zaman hazır olur? 我的房間什麼時候會好？

23 Odayı görmem mümkün mü? 我能看一下房間嗎？

24 Odayı kaçta boşaltmak gerekiyor? 房間幾點必須退房？

25 Otel buraya uzak mı? 飯店離這裡遠嗎？

26 Otel nerede? 飯店在哪裡？

27 Otel uzak değil, yürüyerek 15 dakika sürer.
飯店不遠，走路15分鐘。

28 Otele nasıl gidebilirim? 我要怎麼去飯店呢？

29 Pansiyon nerede? 民宿在哪裡？

30 Pansiyona nasıl gidilir? 民宿要怎麼去？

31 Pardon, buralarda ucuz bir otel bulunur mu?
不好意思，這附近有便宜的飯店嗎？

32 Ucuz bir otel arıyorum. 我在找一家便宜的飯店。

İstek ve servis

1 Bana bir not olacaktı. 我會有一個電話留言。

2 Beni arayan var mı? 有人找我嗎？

3 Bir telefon bekliyorum. Odama bağlar mısınız?
我在等一通電話，可以請你轉到我房間嗎？

4 Nereden telefon edebilirim? 我可以在哪裡打電話？

5 Bana iyi bir otel gösterebilir misiniz?
您／你們可以帶我去一家好飯店嗎？

6 Bana iyi bir otel önerebilir misiniz?
您／你們可以推薦我一家好飯店嗎？

7 Bana iyi bir pansiyon önerebilir misiniz?
您／你們可以推薦我一家好的民宿嗎？

8 Size Efes Otelini önerebilirim. 我向您／你們推薦以弗所飯店。

9 Bavullarımı odama çıkarın lütfen. 請幫我把行李拿到房間去。

10 Beni saat 7'de uyandırabilir misiniz?
可以請您／你們早上7點叫我起床嗎？

11 Bir battaniye daha getirebilir misiniz? 可以再給一條毯子嗎？

12 Bir gece kalacağım. 我要住一晚。

13 Birkaç gün kalacağım. 我要待個幾天。

14 Bu odayı beğenmedim, çok gürültülü.
我不喜歡這個房間，太吵了。

15 Burası tam bana göre, tutuyorum.
這裡完全符合我的要求，我要（租）了。

16 Çift kişilik bir oda istiyorum. 我要一間雙人房。

17 Deniz manzaralı bir oda istiyorum. 我想要有海景的房間。

18 İki kişilik bir oda ayırtmak istiyorum. 我想要訂一間雙人房。

19 Odama bir şişe şarap getirebilir misiniz?
可以送一瓶紅酒到我房間來嗎？

20 Ön tarafta bir oda istiyorum. 我想要前排的房間。

21 Tek kişilik bir oda rezervasyonu yaptırmak istiyorum.
我想要預訂一間單人房。

22 Yemek servisini odama yapabilir misiniz? 你們有客房服務嗎？

其他

Diğer

1 Buyurun odanızın anahtarı. 這裡是您／你們房間的鑰匙。

2 Çamaşırlarımı nerede yıkayabilirim? 我可以在哪裡洗衣服？

3 Çarşaf ve nevresimleri değiştirdiniz mi? 你們有換過床單被套了嗎？

4 Gömleğimi ütületmek istiyorum. 我想要請人燙我的襯衫。

5 Hesabımı kapamak istiyorum. 我想要關閉我的帳戶。

6 Kaç gün kalacaksınız? 您／你們要待幾天？

7 Kahvaltıyı saat kaçta veriyorsunuz? 早餐是幾點開始？

8 Lavabo tıkalı. 洗手台堵住了。

9 Maalesef boş odamız yok. 真不好意思我們沒有空房了。

10 Ne kadar kalacağımı bilmiyorum. 我不知道我會待多久。

11 Odanız birinci kat 104 numara. 您／你們的房間是一樓104號房。

12 Otel görevlisi nerede? 飯店工作人員在哪裡？

13 Otel görevlisi size odanızı göstersin.
飯店工作人員會帶您／你們去房間。

14 Otel şehrin merkezinde. 飯店在市中心。

15	Resepsiyon memuru yok mu?	櫃台沒有服務人員嗎？
16	Sular akmıyor, sıcak su yok mu?	沒有水，沒熱水嗎？
17	Şehir merkezinde bir otel olsun.	就市中心的一家飯店吧。
18	Şu formu doldurmanız gerekiyor.	您／你們得填寫這張表格。
19	Televizyonun kumandası nerede?	電視遙控器在哪裡？
20	Tüm odalarımız dolu.	我們所有的客房都客滿了。
21	Yurdun yemekleri çok yağlı.	宿舍的伙食很油膩。
22	Yurtta kalabilir miyim?	我能待／住在宿舍嗎？

住宿

　　在土耳其的大城市裡，人們多半住在很多樓層的公寓中；小鎮或村莊裡，則會住在有院子的平房中。學生族群會住在私立或是公立的宿舍，公立宿舍較私立來的便宜。公寓入口樓層的下一層叫「zemin」樓，zemin樓上面是「giriş」樓，之後才是1樓。電梯的樓層標示會將zemin標示為Z樓，giriş則是0樓。大公寓裡有停車場和管理員。宿舍會依照需求提供早餐和晚餐，不想要食物和早餐的人可以依照自己意願以比較便宜的方法解決。

Markette

（1）Diyalog 會話練習

超市購物

Markette alış –veriş

A Hayatım, önce yiyecek reyonuna gidelim.

老公，我們先去食物區吧。

B Olur. Bak bakliyatlar şurada. Neler alalım?

可以啊。欸，那裡是豆類食品區，我們要買些什麼？

A Pirinç, mercimek, kuru fasulye, bir de nohut alalım.

我們要買米、扁豆、白豆，還有雞豆。

B Tamam hepsi arabada. İndirimli yiyecekler bölümüne de bakalım mı?

好的，都放（購物）車上了。要不要看一下特價的食物？

A Tamam. Neler indirimli bugün?

好，今天什麼有特價？

B Pek bir şey yok. İndirimler sadece et reyonu içinmiş.

沒有什麼，好像只有肉那區有特價品。

A Daha iyi ya! Evde et yok, et alalım.

那更好！家裡沒肉了，我們買點肉吧。

B İyi. İki kilo biftek, bir kilo kıyma, yarım kilo pirzola. Yeterli mi?

好，兩公斤牛排、一公斤絞肉、半公斤肋排／羊排夠嗎？

A Fazla bile!

夠了，甚至還太多。

B Başka ne lazımdı?

還有需要什麼其他的東西嗎？

A Yiyecekler tamam, bir de içecek reyonuna bakalım.

食物都好了，還有我們去看看飲料區吧！

B Nasıl istersen. İçecek reyonu ileride solda.

看你啊，飲料部門就在前面左手邊。

A Üç litre süt, bir litre portakal suyu, iki litre de kola alalım.

我們要買三公升牛奶、一公升柳橙汁和兩公升可樂。

B İçecekler de tamam. Kahvaltılık bir şeyler aldık mı?

飲料也買好了。我們有買什麼當早餐的嗎？

A Aaa! Evet az kalsın unutuyorduk. Kahvaltılıklar nerede?

啊！對了！差點忘記，早餐在哪裡？

B Gel, beni izle, ben biliyorum. İşte şurada.

來，跟我來，我知道。就在那邊。

A Yarımşar kilo zeytin, peynir, sucuk, salam alsak yeter.

橄欖、起司、香腸和火腿各買半公斤就夠了。

B Nasıl istersen. Hepsini arabaya koydum, Başka bir isteğin var mı?

看你，我都放進（購物）車裡了，還有需要別的東西嗎？

Kasada

結帳櫃台

C Buyurun efendim, hoş geldiniz. Nakit mi ödeyeceksiniz?

先生這邊請，歡迎光臨。請問是要付現嗎？

B Kredi kartı geçerli mi?

可以用信用卡嗎？

C Tabii geçerli, kredi kartına iki taksit de yapabiliriz.

當然可以，我們還能分兩期刷卡。

B Çok iyi olur. Çok teşekkürler.

那太好了，謝謝。

C Güle güle efendim. Yine bekleriz.

先生再見，歡迎再度光臨。

B İyi çalışmalar, kolay gelsin.

祝工作順利。

（2）Temel Cümleler 基本常用句

Market

1 Alışveriş için markete gidiyorum. 我要去超市購物。

2 Market nerede? 超市在哪裡？

3 Süpermarkete nasıl gidebilirim? 我要怎麼去超市？

4 Süpermarket uzak mı? 超市遠嗎？

5 Market kaçta açılıyor? 超市是幾點開？

6 Market kaçta kapanıyor? 超市是幾點關？

7 Et reyonu nerede? 肉品區在哪裡？

8 Balık reyonu nerede? 漁獲區在哪裡？

9 Sebzeler taze mi? 這些蔬菜新鮮嗎？

10 Meyveler taze mi? 這些水果新鮮嗎？

11 Bunun kilosu kaça? 這一公斤多少錢？

12 Elmanın kilosu kaça? 蘋果每公斤多少錢？

13　Karpuzun kilosu ne kadar? 西瓜每公斤多少錢？

14　Bir kilo et almak istiyorum. 我想要買一公斤的肉。

15　Bir kilo portakal lütfen. 請給我一公斤的柳橙。

16　Bir litre süt almak istiyorum. 我想要買一公升的牛奶。

17　Bir koli bira almak istiyorum. 我想要買一箱啤酒。

18　Bir koli yeter. 一箱就夠了。

服裝
部門

Giyim reyonu

1　Bayan reyonu nerede? 仕女部門在哪裡？

2　Erkek reyonu nerede? 男士／紳士部門在哪裡？

3　Çocuk reyonu nerede? 兒童部門在哪裡？

4　Vitrindeki gömlek satılık mı? 櫥窗裡的襯衫有在賣嗎？

5　Bir gömlek almak istiyorum. 我想要買一件襯衫。

6　Kısa kollu bir gömlek almak istiyorum. 我要買一件短袖的襯衫。

7 Yazlık bir gömlek almak istiyorum. 我想買一件夏天的襯衫。

8 Bir takım elbise almak istiyorum. 我想買一套西裝。

9 İpek bir kravat istiyorum. 我要一條絲質領帶。

10 Vitrindeki elbiseyi satıyor musunuz?
櫥窗裡的洋裝有賣嗎？

11 Eşim için bir elbise almak istiyorum.
我想要為我太太買一件洋裝。

12 Bir metre kumaş almak istiyorum. 我想要買一公尺的布。

13 Kabin nerede? 試衣間在哪裡？

14 Bunu denemek istiyorum. 我想要試一試這個。

15 Bu bana uydu mu? 這適合我嗎？

16 Peki bu nasıl? 那這個怎麼樣？

17 Bu çok dar. 這太窄了。

18 Bu çok kısa. 這太短了。

19 Bu çok bol. 這太大了。

20	Bu çok uzun. 這太長了。
21	Bunun incesi var mı? 這個有比較細／薄的嗎？
22	Bunun kalını var mı? 這個有比較厚的嗎？
23	Daha büyüğü yok mu? 沒有更大的嗎？
24	Daha küçüğü yok mu? 沒有更小的嗎？
25	Daha ucuzu yok mu? 沒有更便宜的嗎？
26	Daha iyi bir şey yok mu? 沒有更好的東西了嗎？
27	Daha kaliteli bir şey yok mu? 沒有更有質感的東西了嗎？
28	Kaç beden giyiyorsunuz? 您是穿什麼尺寸的呢？
29	Bir beden küçüğünü istiyorum. 我想要小一號的。
30	Bunun rengi güzel değil. 這個顏色不好。
31	Bunun rengini beğenmedim. 我不喜歡它的顏色。
32	Bu renk bana hiç yakışmaz. 我完全不適合這個顏色。
33	Daha canlı renklisi yok mu? 沒有更活潑的顏色了嗎？

34 Bu gömlek ceketin rengine uyuyor mu?
這件襯衫跟夾克的顏色配嗎？

35 Bu renk sizi açtı. 這顏色很適合您。

36 Şu elbiseyi geri vermek istiyorum. 我想把那件洋裝還回去。

37 Şunu biraz daraltabilir misiniz? 您可以把這件稍微改窄一點嗎？

38 Pamuklu giysiler daha sağlıklı. 棉製的衣服比較健康。

39 Yünlü olanları tercih ediyorum. 我比較偏愛毛料的。

Ayakkabı reyonu

1 Ayakkabı reyonu nerede? 鞋子部門在哪裡？

2 Bağlı bir ayakkabı istiyorum. 我想要一雙綁鞋帶的鞋子。

3 Bağsız ayakkabı istiyorum. 我想要一雙不用綁鞋帶的鞋子。

4 Bir çift ayakkabı almak istiyorum. 我想要買一雙鞋。

5 Bir çift çorap almak istiyorum. 我想要買一雙襪子。

6 Oğlum için bir çift ayakkabı almak istiyorum.
我想為我的兒子買一雙鞋。

7 Spor ayakkabısı alalım. 我們買運動鞋吧。

8 Kaç numara ayakkabı giyiyorsunuz? 你試穿幾號的鞋子？

9 Ayakkabı cilası ve boyası alalım. 我們買鞋油和蠟吧。

10 Aynı modelin başka rengi yok mu?
同一個款式沒有其它的顏色嗎？

11 Başka rengi yok mu? 沒有別的顏色嗎？

12 Başka çeşidiniz yok mu? 你們沒有別的類型嗎？

13 Deneyebilir miyim? 我可以試一試嗎？

14 Şurası biraz vuruyor. 這裡有點擠／磨。

15 Bir numara büyüğünü istiyorum. 我想要大一號的。

16 Çizmeler deri mi? 這些靴子是皮的嗎？

17 Bu imitasyon mu? 這是仿的嗎？

18 Bunlar el işi mi? 這些是手工做的嗎？

19 Topuklu ayakkabı sevmiyorum. 我不喜歡高跟鞋。

Servis

1	Başka arzunuz?	您／你們還有別的需求嗎？
2	Beyefendi size bakıyorlar mı?	請問有人為先生服務嗎？
3	Buyurun efendim, hoş geldiniz.	先生／小姐這邊請，歡迎光臨。
4	Buyurun efendim, ne arzu etmiştiniz? 先生／小姐請說，您／你們有什麼需求嗎？	
5	Nasıl bir şey istiyorsunuz?	您／你們要怎麼樣的東西呢？
6	Size nasıl yardımcı olabilirim?	我能夠怎樣幫助您／你們呢？
7	Şuna ne dersiniz.	您／你們覺得那怎麼樣？
8	Bir hafta içinde iade kabul ediyoruz.	一週內我們接受退貨。
9	İade kabul ediyor musunuz?	你們接受退貨嗎？
10	Şunu değiştirebilir miyim?	我可以換這個嗎？
11	Şu parayı bozabilir misiniz?	可以跟您換這些錢嗎？
12	Tamir yapabilir misiniz?	您／你們能修理嗎？
13	Bunu paket yapabilir misiniz?	這個您／你們可以把它包起來嗎？

14 Bana yardımcı olur musunuz? 可以請您幫我嗎？

Kasada

1 Fatura rica ediyorum. 請給我帳單。

2 Kasa nerede? 收銀台在哪裡？

3 Kredi kartı geçerli mi? 可以刷卡嗎？

4 Taksit yapıyor musunuz? 你們有在分期的嗎？

5 Taksit yapayım. 我要分期付款。

6 Tamam alıyorum. 好！我買了。

7 Ücretler kasaya lütfen. 請到收銀檯結帳。

Diğer

1 Ayna nerede? 鏡子在哪裡？

2 Biraz indirim yapar mısınız? 可以打一點折嗎？

3	Onları da görebilir miyim? 我也能看看那些嗎？
4	Şunu satın almak istiyorum. 我想買這個。
5	Şöyle bir bakıyordum. 我剛才只稍微看了一下。
6	İndirimli satışlar başlamış. 聽說特價品拍賣已經開始了。
7	İndirimli satışlar başlamıştır. 特價品拍賣應該已經開始了。
8	Bilezikler çok pahalı. 那些手鐲很貴。
9	Künyeler çok zarif. 這些手鍊很精緻。
10	Kolyeler gümüş mü? 這些項鍊是銀的嗎？
11	Nişan yüzüğü bakıyordum. 我剛才在看訂婚戒。
12	Eşime bir çift küpe almak istiyorum. 我要買給我太太一副耳環。
13	Deri bir cüzdan almak istiyorum. 我想要買一個皮夾。
14	Deri eşyalar satıyor musunuz? 你們有賣皮製品嗎？
15	Kızım için bir oyuncak almak istiyorum. 我要買一個玩具給我女兒。
16	Beyaz eşya reyonu nerede? 電器部門在哪裡？

在土耳其購物

　　在土耳其很多地方都能購物，除了有像家樂福一樣的大賣場外，每個社區間的小巷弄裡也會有雜貨店。但是，如果想要吃新鮮又便宜的蔬菜水果，那就必須去一週只有特定幾天會有的菜市場逛逛。這三種地方之外，還有觀光客最喜歡去的購物處如：伊斯坦堡的有頂大市集（Kapalıçarşı）、伊茲米爾的Kemeraltı、還有安卡拉的Bitpazarı。在這些地方，你能找到任何你想要的東西。另外別忘了在街頭叫賣的小販們，通常販賣芝麻圈麵包（simit）的攤子是最吸引外國人目光的。不管是街上或是雜貨店裡，購買時一定要詢問價錢並比較商品，否則可能會花冤枉錢。

Lesson 6

Hastanede

（1）Diyalog 會話練習

醫院
Hastanede

A Bugün kendimi kötü hissediyorum.

我今天覺得（身體）很不舒服。

B Bir yerin mi ağrıyor? Neyin var?

是有什麼地方痛嗎？有什麼症狀嗎？

A Bir yerim ağrımıyor ama midem bulanıyor, başım dönüyor, kendimi halsiz hissediyorum.

沒有什麼地方痛，但我覺得反胃、頭暈，也沒什麼力氣。

B Doktora gittin mi?

你去看醫生了嗎？

A Hayır, gitmedim geçer dedim, geçmedi. Ayrıca ben iğneden korkarım.

沒有，我想說過一會就好了，但沒好，而且我害怕打針。

B İğneden korkulur mu canım. Belki de önemli bir şeydir. Haydi hemen hastaneye.

打針哪會可怕，親愛的。搞不好很嚴重，還是快點去醫院吧。

A Hastaneden ve sıra beklemekten nefret ederim.

我討厭醫院還有討厭排隊。

B Beklemeyeceğiz. Biz doğru acil servise gideceğiz. Orada 24 saat muayene var.

我們不用等，我們直接去急診。那裏有24小時看診。

(Hastanede, acil serviste)

（醫院的急診室）

C Geçmiş olsun, neyiniz var? Anlatın bakalım.

您好，請問您哪裡不舒服？說說看。

A Birkaç gündür iştahım yoktu, Doktor Bey. Sabahtan beri başım dönüyor, midem bulanıyor, kendimi halsiz hissediyorum.

我已經好幾天沒食慾了，醫生。從早上到現在一直覺得頭暈、反胃還有渾身無力。

C Dün akşam ne yediniz?

昨晚您吃了些什麼？

A Her zamanki şeyler... Sebze ve et yemeği, sonra da meyve.

跟平常差不多的東西……蔬菜和肉，之後是水果。

C Tamam, üzerinizi çıkarın, sizi bir muayene edeyim. Ağzınızı açın, Aaaa diyin, dilinizi uzatın, öksürün, nefes alın, nefesinizi tutun, nefesinizi verin. Şurası ağrıyor mu?

好的，請把外套脫掉，我要為您診療。請把嘴巴張開說：「啊。」舌頭伸出來，咳嗽、深呼吸、憋氣、吐氣。這裡會痛嗎？

A Hayır bir ağrım yok. Sadece başım dönüyor ve midem bulanıyor.

不會。只有頭暈跟胃不舒服。

C Peki. Giyinin. Kan ve idrar tahlili yaptırmamız gerek.

好的，請把外套穿上吧。我們需要驗一下血和尿。

A Tahlil sonuçlarına siz mi bakacaksınız?

檢驗結果是您負責看嗎？

C Evet bana getirin. Neyiniz var bir görelim.

是的，請拿給我。我們再來看您的情況。

(Tahlil sonuçları belli olduktan sonra tekrar doktorun ofisinde)

（檢驗結果出來之後再度回到醫生的診療室）

A Buyurun Doktor Bey, kan ve idrar tahlili sonuçlarım.

醫生請看，這是我的驗血驗尿結果。

C Bu tahlillerde önemli bir şey gözükmüyor. Ama bir de röntgen çektirelim.

照這個結果看來沒有很嚴重。但我們還是照一張X光片。

A Buyurun Doktor Bey, röntgen filmim. Durumum kötü mü? Ölecek miyim yoksa.

醫生請看，這是我的X光片。我的狀況糟嗎？難道我要死了嗎。

C Hayır, abartmayın, çocuk musunuz? Önemli bir şeyiniz yok. Eczaneden birkaç ilaç alacaksınız, bu ilaçları bir hafta kullanacaksınız. Şikayetiniz geçmezse tekrar bana geleceksiniz.

沒有，別誇張了，您是小孩嗎？您並沒有什麼嚴重的病，到藥房拿一些
藥吃一個禮拜。如果症狀沒有改善的話再過來。

A Hangi ilaçları alacağım, Doktor Bey?

醫生，請問我要拿哪些藥？

C Şu reçetedeki ilaçları alacaksınız.

您要照著處方籤上的拿。

A Teşekkür ederim, Doktor Bey.

醫生，謝謝您。

C Tekrar geçmiş olsun. Endişelenmeyin, önemli bir
sorununuz yok. Biraz dinlenirseniz, iyileşirsiniz.

再次祝您早日康復，請無須擔心，並不是很嚴重的問題。休息一下便會
好了。

A Teşekkür ederim, Doktor Bey. İyi günler.

醫生，謝謝您。再見。

(Hastaneden çıktıktan sonra)

（離開醫院之後）

B Korkacak bir şey yokmuş, gördün mü?

根本沒什麼好怕的，看到沒？

A Sağ olasın, sana da zahmet verdim.

謝謝啦，給你添麻煩了。

B Ne zahmeti canım, sağlık bu! İhmale gelir mi!

親愛的，沒什麼。這關係到健康不能輕忽！

（2）Temel Cümleler 基本常用句

醫生與病患
間的對話

Doktor ve hasta arasındaki diyalog

1　Neyiniz var? 您哪裡不舒服？

2　Sorununuzu anlatın lütfen. 請告訴我您的問題。

3　Şikayetiniz nedir? 您的症狀是什麼？

4　Ne zamandan beri hastasınız? 您從什麼時候開始生病的？

5　Kendimi halsiz hissediyorum. 我覺得自己渾身無力。

6　Kendimi iyi hissetmiyorum. 我覺得不太舒服。

7　Ateşim var. 我發燒了。

8　Başım dönüyor. 我頭暈。

9　Ağzınızı açın. 請把嘴巴張開。

10　Aaa deyin. 請說：「啊。」

11　Derin nefes alın. 請深深吸氣。

12　Nefesinizi tutun. 請憋氣。

13　Nefesinizi verin. 請吐氣。

14　Ne zamandan beri şikayetiniz devam ediyor?
這些症狀是從什麼時候開始的？

15　Dinlenmeye ihtiyacınız var. 您需要休息。

16　Şu ilaçları eczaneden alacaksınız. 您要去藥房拿這個藥。

17　İlaçları düzenli kullanın. 請按時服藥。

18　Şu ilaçları bir hafta kullanacaksınız. 您須服用這個藥一個星期。

19　Bu haplardan her gün üç tane içeceksiniz.
這個藥每天要服用三顆。

20　Özel doktora gitmek istiyorum. 我想去看私人醫生。

21　Beni bir doktora götürün. 請帶我去看醫生。

22　Muayene saatleri kaçta başlıyor? 幾點開始看診？

23　Muayene ücreti ne kadar? 看診費用是多少？

24　Ölecek miyim? 我會死嗎？

Diş ile ilgili

1 Ben dişçiden çok korkarım. 我很害怕看牙醫。

2 Buralarda bildiğin iyi bir diş hekimi var mı?
這附近有你知道的好的牙醫嗎？

3 Nereniz ağrıyor? 您哪邊痛？

4 Dişim ağrıyor. 我的牙齒痛。

5 Soğuk bir şey içince dişim ağrıyor. 喝冰的東西時我的牙會痛。

6 Hangi dişiniz ağrıyor? 您的哪一顆牙痛？

7 Diş etlerim ağrıyor. 我的牙齦痛。

8 Diş etleriniz iltihaplanmış. 您的牙齦發炎了。

9 Dişinizin kökü çürümüş. 您的牙根爛掉了。

10 Kanal tedavisi yapmak lazım. 需要做根管治療。

11 Dişinizi çekmek zorundayım. 我必須拔掉您的牙齒。

12 Dolgu yapabilir misiniz? 您能補牙嗎？

13 Dolgum düştü. 我補的牙掉了。

14 Protezim kırıldı, yapabilir misiniz? 我的假牙斷了，您能修嗎？

15 Takma dişlerim ne zaman hazır olur? 我的假牙什麼時候會好？

16 Lütfen dişlerinizi düzenli fırçalayın. 請您按時刷牙。

眼科

Göz ile ilgili

1 Gözüme bir şey kaçtı. 有東西跑進我的眼睛裡。

2 Uzağı iyi göremiyorum. 我看遠看不太清楚。

3 Gözlüğümü değiştirmek istiyorum. 我想要換我的眼鏡。

4 Camları değiştirmek istiyorum. 我想要換鏡片。

5 Gözlüğümün camı kırıldı. 我的鏡片破了。

6 Güneş gözlüğü yakıştı mı bana? 太陽眼鏡適合我嗎？

7 Lens kullanabilir misiniz? 你能戴隱形眼鏡嗎？

Hastane ile ilgili
與醫院相關

1	Buralarda sağlık ocağı var mı?	這附近有健康中心嗎？
2	En yakın hastane nerede?	最近的醫院在哪裡？
3	Buralarda hastane var mı?	這附近有醫院嗎？
4	Beni bir hastaneye götürün.	請帶我去醫院。
5	Doktordan randevu aldın mı?	你跟醫生預約掛號了沒？
6	Hastaneye nasıl gidebilirim?	我要怎麼去醫院？
7	Kalk, acil servise gidiyoruz.	走，我們去急診。
8	Doktorun muayenehanesi nerede?	醫生的診間在哪裡？
9	Hastanede sıra bekleyecek miyiz?	我們在醫院要排隊嗎？
10	Sıra bekleyecek miyiz?	我們要排隊嗎？
11	Sağlık sigortanız var mı?	您有健康保險嗎？
12	Hastanede yüksek sesle konuşmayınız. 在醫院請不要高聲談話。	

13 Refakatçi kalabilir miyim? 我能留下來看護嗎？

14 Ziyaretçi kabul günleri Salı- Perşembe.
訪客時間是星期二到星期四。

病痛相關

Değişik hastalıklar／Değişik durumlar

1 Ambulans nerede kaldı? 救護車到哪裡了？

2 Ameliyat olmanız lazım. 您需要動手術。

3 Hastayı sedyeye yatırın. 請讓病人躺在擔架上。

4 Daha önce önemli bir hastalık geçirdiniz mi?
您之前有發生過重大傷病嗎？

5 Bir de tansiyonunuzu ölçelim. 另外我們來量一下您的血壓。

6 Bacağım kırıldı. 我的腿骨折了。

7 Ayağınızı alçıya alacağız. 我們要為您的腳打石膏。

8 Kolum çıktı. 我手臂脫臼了。

9 Bileğimi incittim. 我扭傷腳踝了。

10 Beni yılan soktu. 我被蛇咬了。

11 Apse var galiba. 可能有膿。

12 Sargı bezi bitmiş. 繃帶用完了。

13 Bana bir hafta rapor verir misiniz?
您可以給我（需休息）一星期的醫生證明嗎？

14 Bir hafta sonra kontrole geleceksiniz. 一星期過後請來複診。

15 Bir de genel cerrahı görün. 還有請看一般外科。

16 Şuram ağrıyor. 我這裡痛。

17 Şuranız acıyor mu? 您這裡痛嗎？

18 Check-up yaptırmak istiyorum. 我想要做健康檢查。

19 Ultrasona gireceğim. 我要做超音波。

20 Kan ve idrar tahlili yaptırmak istiyorum. 我想要驗血驗尿。

21 Kardiyoloji servisi nerede? 心電圖部門在哪裡？

22 Efor testi yaptırmak istiyorum. 我想要做運動心電圖檢查。

23 Röntgen çektirmek istiyorum. 我想要照X光。

24 İştahım yok. 我沒胃口。

25 Midem bulanıyor. 我反胃。

26 Hamileyim. 我懷孕了。

27 Farklı bir şey yediniz mi? 您有吃一些不一樣的東西嗎？

28 Diyet yapmalısınız. 您必須節食。

29 Nefes almakta zorlanıyorum. 我呼吸困難。

30 Sancılanıyorum. 我覺得絞痛／陣痛。

31 Her tarafım ağrıyor. 我全身都痛。

32 İdrarımdan kan geldi. 我有血尿。

33 Kalbim sıkışıyor. 我心悸。

34 Kan tükürüyorum. 我吐血。

35 Durumum kötü mü? 我的狀況糟嗎？

36 Sigarayı bırakmalısınız. 您／你們必須戒菸。

37 İğneden korkar mısınız? 您／你們怕打針嗎？

38 Size iğne yapacağım. 我要替您／你們打針。

39 Verem aşısı oldunuz mu? 您／你們有注射過卡介苗嗎？

40 Çocuk servisi nerede? 小兒科在哪裡？

41 Çocuğum hasta. 我的孩子病了。

42 Çocuğum havale geçiriyor. 我的孩子有痙攣的現象。

土耳其的醫療機構

在土耳其，只要有健康保險，人人都可以依照自己的意願接受診療。公立醫院基本上是不收費，而私人醫院則酌收少許看診費用。六十歲以上的老人們看病是免費的。沒有健康保險的人和外國人會選擇去私人診所。現在幾乎全部的醫院都採預約制度，每個人都依照預約的順序排隊看診。他們還有所謂的健康中心，健康中心裡會有幾位家庭醫生替鄰近的幾個社區做簡單的診療，如果發現嚴重的情況就會將病患送至大醫院。此外，土耳其的急救電話是「112」。

Kuaförde

（1）Diyalog 會話練習

Kuaförde

A İyi günler, saçlarımı kestirmek istiyorum.
午安，我想要剪頭髮。

B İyi günler, hoş geldiniz. Nasıl bir model düşünüyorsunuz?
午安歡迎光臨。您想要什麼樣的型呢？

A Bugün değişik bir saç modeli denemek istiyorum.
我今天想要嘗試一個不同的髮型。

B Derhal efendim. Siz onu bana bırakın, gerisini merak etmeyin.
馬上辦，小姐。剩下的您就交給我，不用擔心。

B Nasıl? Bu model size çok yakıştı. Beğendiniz mi?
如何？這個髮型很適合您。您喜歡嗎？

A Güzel. Ama şöyle ön tarafı biraz daha alır mısınız?
很好看。但這前面的部分可以請您再修一點嗎？

B Tabii, şimdi nasıl oldu?
當然，現在如何？

A Çok güzel.

很好看。

B Sıhhatler olsun, abla.

祝福您（洗髮／理髮後使用的慣用語），大姐。

A Teşekkür ederim. Borcum ne kadar?

謝謝。我的多少錢？

B Borcunuz 15 lira.

您的消費是十五里拉。

A Buyurun alın. İyi günler.

那這邊請收下，再見。

B İyi günler efendim, kesenize bereket. Tekrar bekleriz.

小姐再見，祝您荷包滿滿。歡迎再度光臨。

（2）Temel Cümleler 基本常用句

Kuaför sormak

1	Affedersiniz, buralarda kuaför var mı? 不好意思，這附近有美髮沙龍嗎？
2	Bana iyi bir kuaför önerebilir misiniz? 您／你們可以推薦我一家好的美容院嗎？
3	Bu yakınlarda kuaför bulunur mu? 這附近有美容院嗎？
4	Kuaför nerede? 美容院在哪裡？
5	Randevuya gerek var mı? 有需要預約嗎？
6	Yarın için bir randevu istiyorum. 我要預約明天。

Kuaförde

1	Nasıl bir model düşünüyorsunuz? 您想要的是什麼樣的髮型呢？
2	Nasıl bir şey düşünüyorsunuz? 您在想的是什麼樣子的呢？
3	Nasıl bir şey istiyorsunuz? 您想要什麼樣子的呢？

4 Nasıl olsun? 要讓它怎麼樣呢？

5 Saçlarımı kestirmek istiyorum. 我想要剪頭髮。

6 Kısa kestirmek istiyorum. 我想要剪短。

7 Biraz kısaltmak istiyorum. 我想要剪短一點。

8 Bugün değişik bir model deneyelim.
   今天讓我們嘗試一個不一樣的髮型吧。

9 Manikür, pedikür yaptırmak istiyorum.
   我想要修手指甲還有腳趾甲。

10 Fön çektireceğim. 我要吹造型。

11 Röfle yaptırmak istiyorum. 我想要挑染頭髮。

12 Saçlarımı boyatmak istiyorum. 我想要染頭髮。

13 Biraz daha açık ton olsun istiyorum. 我想要比較明亮的色調。

14 Saçlarımı siyaha boyatmak istiyorum. 我想要把我的頭髮染黑。

15 Nasıl bir renk istiyorsunuz? 您想要什麼樣的顏色呢？

16 Bu renk bana gitmez. 這顏色不適合我。

17 Bu renk çok koyu. 這個顏色太深了。

18 Başka renk yok mu? 沒有其他顏色嗎？

19 Saçlarımın rengini açtırmak istiyorum.
我想要讓我的髮色亮一點。

20 Saç bakımı yaptırmak istiyorum. 我想要做護髮。

21 Saçımı yıkatmak istiyorum. 我想要洗髮。

22 Saçlarımı düzelttirmek istiyorum. 我想要整理頭髮。

23 Saçlarımı yaptırmak istiyorum. 我想要做頭髮。

24 Tıraş olmak istiyorum. 我想要刮鬍子。

25 Saç, sakal traşı olmak istiyorum. 我想要理髮和刮鬍子。

İş sırasında

26 Saçlarınızı yıkayalım mı? 我們先為您洗頭好嗎？

27 Şampuan istemiyorum, sabunla yıkayın.
我不想要洗髮精，請用肥皂洗。

28 Saç kremi kullanmayın. 請別用護髮乳。

29 Saç kurutma makinesi kullanmayın. 請別用吹風機。

30 Saçlarınız çok uzamış. 您的頭髮長好長了。

31 Arkadan biraz alın. 後面請剪掉一點。

32 Arkayı toplayın. 請把後面綁起來。

33 Kısa kesmeyin. 不要剪短。

34 Önden az alın. 前面修掉少許。

35 Saç fırçanız çok sert. 您/你們的梳子很硬。

36 Saçlarınız çok bakımsız. 您的頭髮都沒整理。

37 Saçlarınız çok cansız. 您的頭髮太沒有生命力了。

38 Sprey sıkmayın. 請別噴髮膠。

39 Yandan ayırmayın. 不要旁分。

Diğer

40 Kısa saçı seviyorum. 我喜歡短髮。

41 Perma sana iyi yakışır. 你很適合燙頭髮。

42 Saçlarım dalgalı. 我的頭髮是波浪捲。

43 Saçlarım kıvırcık. 我是捲髮。

44 Sizin saçlarınız düz. 您是直髮。

土耳其
小常識

在土耳其理容理髮

在土耳其男人女人各有專門的美髮店，女人是無法在男人的理髮店剪頭髮的，但是男人可以在女人的美髮店理髮。一般來說女人會上兼具美髮和身體保養的美容店。這些美容服務在土耳其非常便宜，而且幾乎每個街角都能遇到一家這樣的沙龍。

Lesson 8

Yolculuklarda

（1）Diyalog 會話練習

在客運
總站裡
Otogarda

A İyi günler.
午安。

B İyi günler, nasıl yardımcı olabilirim?
午安，有什麼我可以協助的嗎？

A Ankara'ya gitmek istiyorum. Boş yeriniz var mı?
我要去安卡拉，你們有空位嗎？

B Var efendim, kaç kişilik?
有的，小姐。幾位呢？

A Tek kişilik.
一位。

B Gidiş dönüş mü?
來回嗎？

A Hayır, sadece gidiş.
不，只要單程。

B Sabah saat onda ve akşam saat sekizde boş yerimiz var.
我們早上十點和晚上八點有空位。

A Akşam saat sekiz olsun. Ama cam kenarı olsun lütfen.

晚上八點好了，但請給我窗邊的位子。

B Tamam efendim, biletinizi keselim mi?

好的小姐，那要開票了嗎？

A Tabii, lütfen. Ücret ne kadar?

當然，請問多少錢？

B Otuz beş lira.

三十五里拉。

A Buyurun, şuradan alın. Ankara'da şehir içi servisiniz var mı?

錢在這邊。你們在安卡拉有市區接駁車嗎？

B Var efendim. Tüm semtlere servisimiz mevcuttur.

有的，小姐。我們每個區都有提供接駁服務。

A Teşekkür ederim,iyi günler.

謝謝您，再見。

B İyi günler, hayırlı yolculuklar.

再見，祝您旅途愉快。

（2）Temel Cümleler 基本常用句

Şehirler arası otobüs

1	Otogar nerede? 客運總站在哪裡？
2	Otogara nasıl gidebilirim? 我要怎麼才能去客運總站？
3	Bilet gişesi açık mı? 售票處是開的嗎？
4	Ankara için bir bilet lütfen. 請給我一張去安卡拉的票。
5	Ankara için iki bilet istiyorum. 我要兩張去安卡拉的票。
6	İstanbul'a ilk otobüs saat kaçta? 往伊斯坦堡的第一班車是幾點？
7	İstanbul'a son otobüs saat kaçta? 往伊斯坦堡的最後一班車是幾點？
8	İstanbul'a son otobüs saat 24:00 te. 往伊斯坦堡的最後一班車是凌晨十二點。
9	İstanbul Ankara arası kaç saat? 伊斯坦堡和安卡拉之間要幾個小時？
10	İstanbul'dan Ankara'ya kaç saat sürüyor? 從伊斯坦堡到安卡拉要幾個小時？

11 İstanbul'a saat kaçta varırız? 我們幾點會到達伊斯坦堡？

12 İstanbul'da kaçta oluruz? 我們幾點會在伊斯坦堡？

13 İstanbul'a tek kişilik bilet istiyorum. 我要往伊斯坦堡一個人的票。

14 Otobüs kaçıncı perondan kalkıyor? 車子是在第幾號月台發車？

15 Otobüs saat kaçta kalkıyor? 車子幾點發車？

16 Mola verecek miyiz? 我們中間會休息嗎？

17 Muavin bey su lütfen. 車掌先生請給我水。

18 Bilet ne kadar? 票多少錢？

19 Biletlerinizi görebilir miyim? 我能看一下您／你們的票嗎？

20 Öğrenci indirimi var mı? 有學生優惠嗎？

21 Şehir içi servisiniz var mı? 你們有市內的接駁車嗎？

22 Servis hangi semtlere gidiyor? 接駁車會到哪些區域？

23 Pencereyi açabilir miyim? 我能開窗嗎？

24 Saat kaçta varırız? 我們幾點會抵達？

25 Şimdi neredeyiz? 我們現在在哪裡？

26 Beni otobüs tutar. 我坐客運會暈車。

27 Hangi firmayla gidiyorsun? 你是搭哪家公司去的？

公車

Şehiriçi otobüs

1 Yolda nerelerde duruyorsunuz? 路上會停哪裡？

2 Ulus'ta inmek istiyorum. 我要在烏魯斯下車。

3 Kaptanla konuşmak istiyorum. 我要跟駕駛／船長講話。

4 Alsancak'a nasıl gidebilirim? 我要怎麼去奧桑佳？

5 Alsancak'ın yakınından geçiyor mu? 會經過奧桑佳附近嗎？

6 Taksim'e kaç lira? 到塔克辛要多少里拉？

7 106 numaralı otobüs Taksim'den geçer mi?
106號公車有經過塔克辛嗎？

8 Bu otobüs Dikimevi'ne kadar gider mi?
這輛車會開到抵辛艾維嗎？

9 Buralarda otobüs durağı var mı? 這附近有公車站牌嗎？

10 Burası boş mu? 這裡是空的嗎？

11 Esenköy'e gitmek için hangi dolmuşa binmeliyim?
我得搭哪輛小巴才能到艾森村？

12 Hangi otobüsler Ankara'ya gider? 哪些車是往安卡拉的？

13 Kızılay'a metro var mı? 去克茲萊有捷運嗎？

飛機
Uçak

1 Havaalanı nerede? 機場在哪裡？

2 Havaalanına nasıl gidebilirim? 我要怎麼才能去機場？

3 Havaalanına nasıl gideceğim? 我要怎麼去機場？

4 Havaalanına servis var mı? 有機場接駁服務嗎？

5 Havaalanında saat kaçta olmam lazım? 我幾點必須要在機場？

6 Bu uçak kaç yolcu kapasiteli? 這架飛機可以容納多少旅客？

7 Bugün Ankara'ya uçak kalkıyor mu? 今天有飛往安卡拉的飛機嗎？

8 Bileti ne zamana kadar almalıyım? 我們最晚什麼時候必須買票？

9 İsmimi yedek listeye yazdırdım.
我已經請人把我排在候補名單上了。

10 Ankara'ya ilk uçak saat kaçta? 往安卡拉的第一班飛機是幾點？

11 Birinci mevkiden bir bilet istiyorum. 我要一張頭等艙的票。

12 İki kişilik birinci mevki bilet istiyorum. 我要頭等艙兩個人的票。

13 Business klastan çift kişilik bilet istiyorum.
我要商務艙兩個人的票。

14 Ekonomik klastan bir yer ayırtmak istiyorum.
我想要一個經濟艙的位子。

15 Hava yolları bürosu nerede? 航空公司的辦公室在哪裡？

16 Biletimin süresini uzatmak istiyorum. 我想要把票的時間延長。

17 Açık tarihli bir bilet istiyorum. 我要一張開放日期的票。

18 Biletimin tarihini değiştirmek istiyorum. 我想要改票的日期。

19 Ek sefer düzenlenecekmiş. 聽說要加開班次。

20 Pencere kenarından bir yer istiyorum. 我要靠窗的位子。

21 Pencere kenarından bir yer mümküm mü, acaba?
不知道能不能是靠窗的位子呢？

22 Koridor tarafını istemiyorum. 我不要靠走道的。

23 Rezervasyonum okeylendi. 我的訂位沒問題了。

24 Bagaj hakkım ne kadar? 我能託運多少公斤的行李？

25 El bagajım on kiloyu geçmez. 我的手提行李不會超過十公斤。

26 Bagaj kaydını yaptırdım. 我已經把行李託運了。

27 Buyurun bagaj kartınız. 這邊是您的行李牌。

28 Fazla bagaj ücreti ne kadar? 行李超重的費用是多少？

29 Pasaport kontrolü yaptırdın mı? 護照給檢查過了嗎？

30 Pasaportunuza bakabilir miyim? 我能看一下您／你們的護照嗎？

31 Biletimi çek ettirmek istiyorum. 想要確認我的機票。

32 118 sefer sayılı uçakla geliyorum. 我會搭118班機去。

33 Aktarma yapacağım. 我會轉機。

34 Nerede aktarma var? 在哪裡要轉車／機？

35 Bavulları raflara koyunuz. 我們把行李放到架子上。

36 Buranın sahibi var mı? 這裡有人坐嗎？

37 Burası benim yerim. 這是我的位子。

38 Emniyet kemerinizi bağlayınız. 請繫好安全帶。

39 Uçak saat kaçta kalkıyor? 飛機幾點起飛？

40 Uçak zamanında kalkacak mı? 飛機會準時起飛嗎？

41 Uçakta rötar var mı? 飛機有誤點嗎？

42 Uçak kaç saat rötarlı? 飛機誤點幾個小時？

43 Teknik arıza nedeniyle yarım saat rötarlıyız.
因為技術上的問題我們延誤半小時。

44 Çok bekleyecek miyiz? 我們還要等很久嗎？

45 Daha ne kadar bekleyeceğiz? 我們還要等多久？

46 Uçakta yer yok. 飛機已經沒位置了。

47 Uçuş süresi ne kadar? 飛行時間要多久？

48 VİP'ten geçmem mümkün mü? 我有可能從貴賓通道過嗎？

49 Pilot anons yapacak. 機長會廣播。

50 Uçak havalanıyor. 飛機正在起飛。

51 Ankara'ya kaçta varırız? 我們什麼時候會到安卡拉？

52 Ankara'ya saat kaçta varırız? 我們幾點會到安卡拉？

53 Uçakta cep telefonuyla konuşmak mümkün mü?
在飛機上能用手機講電話嗎？

54 Uçak irtifa kaybetti. 飛機失去高度。

55 Uçak mecburi iniş yaptı. 飛機迫降了。

56 Uçak türbülansa yakalandı. 飛機遇上了亂流。

57 Kemerlerinizi bağlayın. 請繫上您的安全帶。

58 On dakikaya kadar inmiş olacağız.
十分鐘內我們就會降落了。

59 Anons edilinceye kadar yerinizden kalkmayınız.
聽到廣播之前都請您不要離開您的座位。

60 Yerel saatle saat sekizde Türkiye'deyiz.
我們將於當地時間八點鐘抵達土耳其。

61 Hostesler güzel servis yapıyor. 空服員的服務很好。

62 Kabin memurlarının hizmetinden memnunum.
我對機組服務人員感到滿意。

63 Bavullarımı bulamıyorum. 我找不到我的行李。

64 Sizi uçak tutar mı? 您／你們會暈機嗎？

火車

Tren

1 Acele et, yoksa treni kaçıracaksın.
動作快點，不然你會錯過火車。

2 İstasyon nerede? 車站在哪裡？

3 Ankara treni saat kaçta kalkıyor? 往安卡拉的火車是幾點出發？

4 Ankara'ya tren saat kaçta kalkıyor? 往安卡拉的火車幾點出發？

5 Ankara'ya ilk tren saat kaçta? 往安卡拉的第一班火車是幾點？

6 Ankara'ya son tren saat kaçta? 往安卡拉最晚的火車是幾點？

7 Bileti nereden alıyoruz? 我們要從哪裡買票？

8   Bu istasyonun adı ne? 這站的站名是什麼？

9   Bu trende yataklı vagon var mı? 這火車裡有臥鋪車廂嗎？

10   Bu trende yemekli vagon var mı? 這火車裡有用餐車廂嗎？

11   Trende restoran var mı? 火車上有餐廳嗎？

12   Ankara'ya bir kişilik gidiş- dönüş bileti istiyorum.
   我要去安卡拉的一張來回票。

13   Ankara'ya çift kişilik gidiş- dönüş bileti istiyorum.
   我要去安卡拉的兩張來回票。

14   Ankara'ya tek kişilik bilet lütfen. 往安卡拉的一張票，謝謝。

15   Yataklı bir bilet istiyorum. 我想要一張臥鋪的票。

16   Yataklı vagon tek kişi kaç lira? 臥鋪車廂一個人多少里拉？

17   Tren hangi perondan kalkıyor? 火車是在哪個月台發車？

18   Kondüktör nerede? 火車車長／查票員在哪裡？

19   Tren kalkmak üzere. 火車即將發車。

20   Trende rötar var mı? 火車有誤點嗎？

21 Bilet kontrol. 查票／驗票。

22 Bu kompartımanda sigara içiliyor mu? 這個車廂裡可以抽菸嗎？

23 Sigaralarınızı söndürün. 請熄滅您／你們的香菸。

Gemi

1 Liman nerede? 港口在哪裡？

2 Limana nasıl gidebilirim? 我要怎麼才能到港口？

3 Vapur bilet gişesi nerede? 輪船售票處在哪裡？

4 Nereden bilet alabilirim? 我能在哪裡買票？

5 Mavi tura çıkmak istiyorum. 我要參加藍色團。（通常指輪船旅遊）

6 Hangi koylara uğrayacaksınız? 您／你們會到哪個灣？

7 Hangi limanlara uğrayacaksınız? 您／你們會停靠在哪個港口？

8 Gemi Kuşadası'na uğruyor mu? 船會開到庫薩達西嗎？

9 Yalova'ya vapur var mı? 有開往雅洛瓦的輪船嗎？

10 Vapur saat kaçta hareket ediyor? 輪船是幾點出發？

11 Gemi ne zaman kalkıyor? 船什麼時候開？

12 Geminin adı ne? 船的名字是什麼？

13 Gemi kaç mil sürat yapıyor? 船的速度是幾浬？

14 Yarım saatlik bir rötar var. 會延誤半小時。

15 Yolculuk ne kadar sürer? 旅程要多久？

16 Bu kamarada kaç yatak var? 這個船艙裡有多少張床？

17 Gidiş-dönüş bileti ne kadar? 來回票是多少錢？

18 Gidiş-dönüş biletlerinde indirim var mı? 來回票有折扣嗎？

19 Gurup indirimi var mı? 有團體優惠嗎？

20 Deniz tutmasına karşı bir ilaç lütfen. 請給我一顆暈船藥。

21 Duş nerede? 淋浴間在哪裡？

22 Yüzme havuzu nerede? 游泳池在哪裡？

23 Emanet yeri nerede? 寄物處在哪裡？

24 Kamaramı değiştirmek istiyorum. 我想要換艙。

25 Kayıp eşya bürosu nerede? 失物招領處在哪裡？

26 Nereden şezlong alabilirim? 我能在哪裡拿到躺椅？

27 En son Çeşme'de demirledik. 我們最後是停靠在切什梅。

28 Kara göründü. 看得到陸地了。

城市裡的交通

　　土耳其大城市中的交通運輸和世界上其它大都市的差不多，最常見的大眾交通運輸就是捷運和公車，除此之外還有小巴也就是所謂的「dolmuş」和「計程dolmuş」。「dolmuş」和「計程dolmuş」既便宜又快速，使用現金搭乘。各大都市皆使用不同的票卡，也有像台灣的悠遊卡一類的儲值卡片，可以使用於各大眾運輸工具。搭乘計程車時，乘客可以透過計程表看到里程和價錢，但偶爾會遇見敲詐的情形，所以務必注意駕駛有沒有按表。還有另一種交通方法，那就是海路，想透過海路的人可以開車搭乘渡輪或是去碼頭搭固定班次的船。這種交通方法不但可以減少城市中的交通壅塞，還可以享受一下悠閒的風情。不論你喜歡哪種交通方式都可以從遊客中心找到相關訊息，經過時請別忘了拿一份簡介。

Sosyal Aktivitelerde
(Sinema, Tiyatro, Konser vs.)

（1）Diyalog 會話練習

Sinemaya mı, tiyatroya mı?

A Sinemaya gitmeye ne dersin?
你覺得去看電影怎麼樣？

B Vizyonda hangi filmler var, biliyor musun?
你知道現在上映中的有哪些片嗎？

A Evet, Titanik filmi gelmiş?
知道，有鐵達尼號吧？

B Hangi sinemada oynuyor?
是在哪家電影院上映？

A Sadece Konak Sinemasında gösterimdeymiş.
聽說只有寇納克電影院有。

B Hangi seansa gidelim?
我們要看哪一場的？

A Bu hafta kapalı gişe oynuyor, onun için suarede yer var.
這星期的票都賣光了，所以只有晚場有位子。

B O saat benim için uygun değil, gelemem. Yarın sınavım var.
那個時間我沒辦法去。明天我有考試。

社交活動篇 🔊 MP3-10

（電影、戲劇、演唱會……等）

A O halde tiyatroya gidelim. 1 saat sonra Beşiktaş Kültür Merkezinde bir oyun var.

既然這樣，我們去看舞台劇好了。一小時之後在貝西克塔斯文化中心有一齣劇。

B Kimler oynuyor?

演員有誰？

A Yılmaz ERDOĞAN ve Demet AKBAĞ.

耶馬司・艾爾多安和德美特・阿克霸。

B Dram mı, komedi mi?

是悲劇還是喜劇？

A Komedi.

喜劇。

B Kaç perdelik?

有幾幕？

A İki perdelik.

兩幕。

B O zaman vakit kaybetmeyelim.

那我們不要浪費時間了（快去）。

（2）Temel Cümleler 基本常用句

Sinema

1	Boş zamanlarımda sinemaya gidiyorum. 有空的時候我會去看電影。
2	Bu akşam hangi filmi izleyelim? 今晚我們要看哪部電影？
3	Bu akşam hangi sinemaya gidelim? 今晚我們要去哪家電影院？
4	Bu akşam sinemaya gitmeye ne dersin? 你覺得今晚去看電影怎麼樣？
5	Oskar ödüllü filmler gelmiş. 奧斯卡得獎影片上映了。
6	Sinemaya gidelim mi? 要去看電影嗎？
7	Sinemaya gidiyorum. 我要去看電影。
8	Sinemada hangi film oynuyor? 電影院有上哪些片子？
9	Uzun zamandır sinemaya gitmiyorum. 我很久沒去看電影了。
10	Başrol oyuncuları kimler? 主要演員有誰？
11	Biletleri gişeden al. 在售票口買票。

12 Öğrenci indirimi var mı? 有學生優惠嗎？

13 Öğrenci indirimi ne kadar? 學生優惠是多少？

14 Önlerden bir yer istiyorum. 我想要前面的位子。

15 Orta sıralardan bir yer istiyorum. 我想要中間幾排的位子。

16 Sinema bileti kaç lira? 電影票多少里拉？

17 Film saat kaçta başlıyor? 電影是幾點開演？

18 Film başlıyor lütfen susun. 電影要開演了請安靜。

19 Film festivali başladı. 電影節已經開始了。

20 Bizim yerimiz neresi? 我們的位子在哪裡？

21 Benim yerim burası. 我的位子在這裡。

22 Benim yerime oturmuşsun. 你坐到我的位子了。

23 Yüksek sesle konuşmak yasaktır. 禁止高聲講話。

24 Sinemada kabuklu yemiş yemek yasaktır.
電影院裡禁止吃有殼的堅果類。

25 Erkek oyuncunun ödülü var. 那男演員有得過獎。

26	Başrol oyuncusu çok yakışıklıydı. 男主角好帥。
27	Filmin yönetmeni kim? 電影的導演是誰？
28	Oyuncular rollerini iyi yapmış. 演員們把角色演得很好。
29	Film çok güzeldi. 電影很棒。
30	Sinemayı seviyorum. 我喜歡電影。
31	Amerikan filmlerini sevmiyorum. 我不喜歡美國電影。
32	Fransız filmleri çok ağır. 法國電影很沉重。
33	Tarihi filmleri çok seviyorum. 我很喜歡歷史電影。
34	Haftada bir sinemaya gidelim. 我們每週去看一次電影吧。
35	Kısa film yarışması var. 有（電影）短片比賽。
36	En sevdiğin aktör kim? 你最喜歡的男演員是誰？

歌劇、舞台劇 Tiyatro

| 1 | Operaya gidelim mi? 我們要去看歌劇嗎？ |
| 2 | Tiyatroya gidelim mi? 我們去看舞台劇嗎？ |

3	Tiyatroyu mu seviyorsun sinemayı mı? 你喜歡舞台劇還是電影？
4	Bu akşam hangi oyuna gidelim? 今晚我們要去看哪部戲？
5	Devlet tiyatrosunun biletleri ucuz. 公立的劇場票都很便宜。
6	Özel tiyatrolar çok pahalı. 私立／私人劇院／劇團很貴。
7	Operada uyuyorum. 我在歌劇院睡覺。
8	Operayı anlamıyorum. 我看不懂歌劇。
9	Operayı sevmiyorum. 我不喜歡歌劇。
10	Özel tiyatrolar turneye çıktı. 私人劇團去巡迴演出了。
11	Perde arasında bir sigara içelim. 換幕的空檔我們去抽根菸吧。
12	Tiyatro çok komikti. 舞台劇很好笑。
13	Tiyatro toplumun aynasıdır. 舞台劇是社會的鏡子。

Konser

1	Bu akşam konsere gidelim. 今晚我們去演唱會吧。
2	Kimin konseri gelmiş? 是誰來開演唱會？

3 Bu akşam Tarkan'ın konseri varmış.
聽說今晚有塔爾康的演唱會。

4 Konser biletleri ne kadar? 演唱會的票是多少錢？

5 İki kişilik bilet lütfen. 請給我兩張票。

6 Biletleri iade etmek istiyorum. 我想要退票。

7 Çabuk ol konser başlamak üzere. 快點，演唱會要開始了。

8 Konsere geç kalacağız. 我們去演唱會要遲到了。

9 Konseri on bin kişi izledi. 演唱會有一萬人參加。

10 En sevdiğin sanatçı kim? 你最喜歡的藝人是誰？

11 En sevdiğin şarkıcı kim? 你最喜歡的歌手是誰？

12 Hangi müziği seviyorsun? 你喜歡什麼樣的音樂？

13 Hangi sanatçıyı beğeniyorsun? 你喜歡哪位藝術家／藝人？

14 Konserde çok eğlendik. 我們在演唱會玩得很開心。

15 Konserde kavga çıktı. 演唱會上出現吵架場面。

16 Lütfen yana kayar mısınız? Göremiyorum.
請您往旁邊挪一下好嗎？我看不見。

土耳其的休閒活動

　　除了上述的幾項休閒活動之外，不同地方還會定期舉辦書展或是藝文類的展覽，供民眾參觀欣賞。另外對土耳其人來說週末最重要的社交活動就是野餐。野餐地點通常會在郊區，由政府設立、備有自來水和廁所的樹林區。這些地方在週末通常都是滿滿的，所以家裡的陽台就是另一個適合的地點。土耳其人的「陽台文化」非常發達，夏天的晚上，家庭大部分的時光都是在陽台上度過。

　　運動文化在廣大的土耳其人口中慢慢地發展，有些業餘的團體會舉辦活動，但依然是不足的。各市政府也開始推廣並舉辦免費的課程。

Yeri ve Yönü Sormak

（1）Diyalog 會話練習

在街上 Sokakta

A Affedersiniz, yardımcı olabilir misiniz?

不好意思，可以請您幫忙嗎？

B Buyurun, nasıl yardımcı olabilirim?

請說，我要如何幫你呢？

A Havaalanına nasıl gidebilirim?

我要怎麼才能去機場？

B Beyefendi, havaalanı şehir dışında. Ya taksiyle gideceksiniz ya da servisle.

先生，機場在市區外。要嘛就搭計程車要嘛就要坐機場專車。

A Servis nereden kalkıyor?

機場專車在哪裡發車？

B Efes Otelinin önünden.

以弗所飯店的前面。

A Efes Oteli mi? Oraya nasıl gidebilirim?

以弗所飯店嗎？我要怎麼才能到那？

B Buradan yürüyerek on dakika sürer.

從這裡走路十分鐘。

A Çok eşyam var. Taksiyle gideyim.

我東西很多，還是坐計程車去好了。

B Pahalı olur, ama siz bilirsiniz.

會很貴，不過您自己看著辦吧。

（2）Temel Cümleler 基本常用句

詢問地點和方向

Yer ve yön sormak

1 Affedersiniz, yardımcı olabilir misiniz?
不好意思，能請您幫忙嗎？

2 Pardon, yardım edebilir misiniz? 不好意思，您／你們能幫忙嗎？

3 Bana yolu tarif edebilir misiniz? 您可以幫我指個路嗎？

4 Lütfen yardım edin. 請幫忙。

5 Özür dilerim, bir şey soracaktım. 對不起，我本來要問一件事的。

6 Yardımınız için teşekkürler. 謝謝您／你們的幫忙。

7 Bakar mısınız, buralarda postane var mı?
不好意思，這附近有郵局嗎？

8 Postane yüz metre ileride. 郵局在前方一百公尺。

9 Banka şurada. 銀行在那裡。

10 Bankaya gitmek istiyordum. 我要去銀行。

11 Okula nasıl gidilir? 學校要怎麼去？

12 Bisikletle okula gitmek mümkün mü? 有辦法騎腳踏車到學校嗎？

13 Üniversite nerede? 大學在哪裡？

14 Üniversiteye neyle gidebilirim? 我能搭什麼去大學？

15 Yurt ne tarafta? 宿舍在哪個方向？

16 Ev nerede? 家在哪裡？

17 Oteli bulabilir miyim? 我能找到飯店嗎？

18 Buralarda ucuz ve temiz bir otel var mı?
這附近有便宜又乾淨的飯店嗎？

19 Otel buradan yürüyerek 5 dakika. 從這裡走路去飯店要五分鐘。

20 Hastane şehrin merkezinde. 醫院在市中心。

21 Hastaneye gidecektim. 我本來要去醫院的。

22 Havaalanı çok uzakta. 機場在很遠的地方。

23 Havaalanına nasıl gidebilirim? 我要怎麼才能去機場？

24 Konser salonunu arıyordum. 我當時在找演唱會的場地。

25 Kuaför nerede? 美髮沙龍在哪裡？

26 Pardon, kuru temizlikçi arıyordum, yardımcı olur musunuz?
不好意思，我當時在找乾洗店，您／你們能幫忙嗎？

27 Tiyatroya nasıl gideceğim? 我要怎麼才能去劇場？

28 Yakınlarda iyi bir restoran var mı? 這附近有好的餐廳嗎？

29 Restoran süpermarketin yanında. 餐廳在超級市場的旁邊。

30 Sinemaya gitmek istiyorum. 我想要去電影院。

Neyle yolculuk yapılır

1 İşe otobüsle gidiyorum. 我搭公車去上班。

2 Gemiyle tatile çıkacağım. 我要搭船去渡假。

3 Kore'den uçakla geldim. 我要搭飛機去韓國。

4 Metroyla eve gidiyorum. 我要搭捷運回家。

5 Trenle yolculuk yapacağım. 我要搭火車旅行。

6 Taksiyle gidebilirsiniz. 您／你們可以搭計程車去。

城市間的交通

　　土耳其城市之間大部分是靠空路和陸路進行，陸路有大型舒適的客運；空陸則有飛機。由於飛機不是每個城市都有航班，因此客運是最普遍的交通方式。客運會從所謂的「otogar」，也就是客運總站出發，在固定的時間停靠休息站。客運裡還備有可以聽音樂、看電影的影音娛樂系統。城市和郊區鄉村之間的運輸，則仰賴「小巴」（dolmuş）。一般來說郊區和客運總站之間都會有免費的接駁車服務，而搭乘飛機的旅客也可以利用，但必須額外付費。

Telefon, Haberleşmede

（1）Diyalog 會話練習

打電話 1

Telefon görüşmesi 1

A Alo, iyi günler, ben Funda KÖSE. Gülnur Hanımla görüşmek istiyorum.

喂，午安，我是芬達・寇賽，我想要找谷努小姐。

B İyi günler efendim. Gülnur Hanım henüz gelmediler. Bir notunuz varsa ileteyim.

午安，谷努小姐目前還沒有到。有需要為您留言嗎？

A Hayır, teşekkür ederim. Ben tekrar ararım.

不用，謝謝。我晚一點再打。

打電話 2 Telefon görüşmesi 2

A Alo iyi günler kimle görüşüyorum?

喂，午安。請問是哪位？

B İyi günler ben Kemal YILMAZ, nasıl yardımcı olabilirim?

午安，我是凱茂‧耶馬司，有什麼我可以幫忙的嗎？

A Kemal Bey, kusura bakmayın, rahatsız ediyorum.

凱茂先生，對不起打擾你了。

B Rica ederim, buyurun.

不會，請說。

A Ben kızınız Yağmur'un okul arkadaşıyım. Sizinle tanışmamı istedi.

我是令嫒亞沐學校的朋友。他希望我能和您認識一下。

Telefon görüşmesi 3

A Alo iyi günler, orası Mehmet UZMAN'ın muayenehanesi mi?

喂，午安，請問是美合美特‧烏茲曼的診所嗎？

B Evet, nasıl yardım edebilirim?

是的，有什麼我可以幫忙的嗎？

A Yarın için randevu almak istiyordum, mümkün mü?

我想要預約明天，可以嗎？

B Tabii, kimle görüşüyorum?

當然，請問是哪位？

A Ben Ergül NAM.

我是艾爾古‧那姆。

B Ergül Hanım, yarın sizin için saat 10:00 uygun mu?

艾爾古小姐，明天為您預約十點鐘方便嗎？

A Evet, sabah saat 10:00 benim için uygun. Teşekkür ederim.

行，十點我可以。謝謝您。

（2）Temel Cümleler 基本常用句

郵局

Postane

1　Postane nerede? 郵局在哪裡？

2　Postane uzak mı? 郵局很遠嗎？

3　Postaneye nasıl gidebilirim? 我要怎麼才能去郵局？

4　Postane ne zamanları açık? 郵局營業時間是幾點到幾點？

5　Bir posta kutusu kiralamak istiyorum. 我要租一個信箱。

6　Bu mektubu taahhütlü göndermek istiyorum.
這封信我要寄掛號。

7　Bu mektup APS ile kaç günde gider?
這封信用快捷寄的話幾天會到？

8　Tayvan' a mektup kaça gidiyor? 寄信到台灣要多少錢？

9　Mektubunuzu posta kutusuna atınız. 請您把信投到信箱裡。

10　Kart postal kaça gidiyor? 寄明信片要多少錢？

11　Pulu şuraya yapıştırınız. 請您將郵票貼在這裡。

12　Yurt dışı pul ne kadar? 寄國外的郵票多少錢？

13　Yurt içi pul ne kadar? 寄國內的郵票多少錢？

14　Zarfın üzerindeki pul yetiyor mu? 信封上的郵票夠嗎？

15　Posta havalesiyle para göndermek istiyorum.
　　我想要用郵寄匯款。

16　Paket bölümü nerede? 包裹部門在哪裡？

17　Bu koliyi göndermek istiyorum. 我要寄這個大件包裹。

18　Bu paketi göndermek istiyorum. 我要寄這個小件包裹。

19　Alıcının adını, adresini yazınız. 請寫上收件者的姓名和住址。

電話 Telefon

1　Nereden telefon edebilirim? 我可以在哪打電話？

2　Buralarda telefon kulübesi bulunur mu? 這附近有電話亭嗎？

3　Telefon kartı nerede bulunur? 哪裡有電話卡？

4 Alo ben Zeynep, Ahmet ŞAHİN'le görüşmek istiyordum.
喂，我是潔納普，我想要找阿合美特‧夏荷音。

5 Alo orası Mustafa VAROL'un evi mi?
喂，請問是木斯塔法‧發樂的家嗎？

6 Alo, ben Ayhan YILMAZ, siz kimsiniz?
喂，我是艾漢‧耶馬司，您是哪位？

7 Alo, iyi günler kimle görüşüyorum? 喂，午安請問是哪位？

8 Alo, Mehmet Bey, siz misiniz? 喂，美合美特先生，是你嗎？

9 Alo, orası hastane mi? 喂，是醫院嗎？

10 Alo, siz de kimsiniz? 喂，那您是哪位？

11 Hatlar çok dolu. 電話都滿線了。

12 Telefon meşgul çalıyor. 電話忙線中。

13 Bana Bülent Bey'i bağlar mısınız? 可以幫我轉布蘭特先生嗎？

14 Bağlıyorum hattan ayrılmayın. 我正為您轉接請不要掛斷。

15 Yanlış numara çevirdiniz. 您打錯號碼了。

16 Hangi numarayı aradınız? 您打的是幾號？

17 Kimi aramıştınız? 您是要找誰的？

18 Kim arıyordu? 是誰打來？

19 Gelince beni aramasını söyler misiniz?
等他來的時候可以請他打給我嗎？

20 Lütfen notumu iletir misiniz? 您能替我留個言嗎？

21 Aradığınızı söylerim. 我會說您有來電。

22 Sonra tekrar ararım. 我之後再打。

23 Tayvan'ın alan kodunu biliyor musun?
你知道台灣的區域號碼嗎？

24 Türkiye'in alan kodu kaç? 土耳其的區域號碼是多少？

25 Türkiye'yi nasıl arayacağımı bilmiyorum.
我不知道要怎麼打去土耳其。

網路 İnternet

1	Buralarda İnternet kafe var mı? 這附近有網咖嗎？
2	İnternet'in saati kaç para? 網路一小時是多少錢？
3	İnternet'te biraz gezineceğim. 我要上網瀏覽一下。
4	İnternet'te chat yapmayı sevmiyorum. 我不喜歡在網路上聊天。
5	Hangi sohbet odalarına giriyorsun? 你上的是哪個聊天室？
6	Bu İnternet çok yavaş. 這網路很慢。
7	İnternet bağlantısı koptu. 網路連線斷了。
8	Arkadaşıma bir mail yazacağım. 我要寫一封mail給我朋友。
9	Maillerime bakmak istiyorum. 我要看我的mail。

其他 Diğer

1	Bir faks çekmek istiyorum.	我要傳真。
2	İstanbul'a telgraf çekmek istiyorum.	我想要發電報到伊斯坦堡。
3	Telgrafın kelimesi kaç lira?	電報一個字多少里拉？
4	Jetonum yok.	我沒有代幣。

打電話與電話禮儀

　　土耳其有很多電信業者，這些業者彼此之間因為競爭激烈，在通話費上自然變得低廉。去到土耳其的外國人可以馬上在Avea、Turkcell或是其他電信公司成為用戶、買到含有通話費的預付卡並開始通話。若搭配各業者的優惠方案還能以更便宜的價格使用。例如有些業者在特定的時段內通話費是半價計費，在指定時間內講電話就非常划算。而撥打國際電話時在郵局打會比較便宜，使用一般電話卡則非常貴。

　　如果與不認識的人講電話時，我們必須使用較尊敬的用語。例如：Beyefendi（先生）、Hanımefendi（女士）。和熟識的人講話也要依照關係來稱呼對方，例如：Ahmet Bey（阿合美特先生）或Suzan Hanım（蘇桑小姐）。除此之外，在電話中也不能使用像「Sen kimsin?」（你是誰？）、「Niçin beni arıyorsun?」（為什麼（打電話）找我／找我幹嘛？）和俚語等不合禮儀的用詞。這個單元裡就介紹了應有的說話方式。

Zaman

（1）Diyalog 會話練習

公車站牌 Otobüs durağında

A Saat kaçta kalkıyorsun?

你都幾點起床？

B Saat sekizde kalkıyorum.

我八點鐘起床。

A Sekiz geç değil mi? İşe kaçta başlıyorsun?

八點不會太晚嗎？你是幾點開始上班？

B Ben part-time çalışıyorum. İşyerim uzak değil.

我是做兼職的工作，上班的地方不是很遠。

A Şimdi saat kaç?

現在幾點啊？

B Saatim yok, ama sanırım 10:00 civarı. İşe gitmek için çok erken.

我沒有手錶，但我想應該十點左右吧。現在去上班還太早。

A Ben çoktan geç kaldım.

我早就遲到了。

時間、日期篇 🔊 MP3-13

B Aaa! Sen Cumartesileri çalışıyor musun?

啥！你星期六要上班嗎？

A Tabii, hafta içi işe sekiz buçukta, Cumartesileri ise onda başlıyorum.

當然，週間是八點半去，週六則是十點開始。

B Pazar günleri ne yapıyorsun?

那星期天你做什麼？

A Pazarları ailemle genelde evde geçiriyorum.

週日我大部分跟家人在家度過。

（2）Temel Cümleler 基本常用句

時間

Saat

1	Biraz önce bitirdim. 我才剛完成。
2	Ne zamandan beri bekliyorsun? 你從什麼時候開始等的？
3	Beş dakikadan beri. 五分鐘前到現在。
4	Beş dakika önce film bitti. 電影在五分鐘前結束了。
5	Beş dakika sonra çıkacağım. 我五分鐘之後出門。
6	Saatim beş dakika geç kalıyor. 我的手錶慢了五分鐘。
7	Biraz sonra çıkacağım. 我等一下要出門。
8	Biraz önce gitti. 剛剛才走的。
9	On dakika sonra. 十分鐘後。
10	Ne zamandır bekliyorsun? 你等了多久？
11	On dakikadır. 整整十分鐘。
12	On dakikaya kadar hazırım. 我十分鐘後準備好。

13　Yarım saate hazırlanırım. 我三十分鐘內會準備好。

14　Yarım saat önce otobüs gitti. 車（公車／客運）半小時前走了。

15　Yarım saattir seni bekliyorum. 我等了你整整半小時。

16　Bir saat sonra. 一小時後。

17　Bir saat sonra çıkacağım. 我一小時後出門。

18　Uçakla bir saat sürer. 搭飛機要一小時。

19　Bir günde dört saat ders çalışıyorum. 我一天念四小時書。

20　Ne zamana hazır olursun? 你什麼時候準備好？

21　Beş saat sürer. 要花五小時。

22　Bir günde kaç saat ders çalışıyorsunuz?
　　您／你們一天念幾小時書？

23　İstanbul'a otobüsle ne kadar sürer?
　　搭客運去伊斯坦堡要多久時間？

24　İstanbul'a trenle kaç saat sürer? 搭火車去伊斯坦堡要幾個小時？

25　Bir günde kaç saat var? 一天有幾個小時？

26 Bir günde yirmi dört saat var. 一天有二十四小時。

27 Genellikle sabahları saat kaçta kalkarsınız?
一般來說早上您／你們都幾點起床？

28 Saat kaçta kalkıyorsun? 你都幾點起床？

29 Ne zaman çıkacaksın? 你什麼時候要出門？

30 Saati söyler misiniz? 您／你們可以告訴我時間嗎？

31 Saatiniz var mı? 您有錶嗎？

32 Saatiniz kaç? 現在幾點？

33 Saat kaç? 幾點？

34 Saat sekize yirmi var. 再二十分鐘就八點了。

35 Sabah sekizde hazır ol. 早上八點鐘準備好。

36 Saat sekiz. 八點整。

37 Saat sekizi on geçiyor. 八點過十分了。

38 Saat sekiz on beş. 八點十五分。

39 Saat sekiz buçuk. 八點半。

40 Saat sekiz otuz. 八點半。

41 Saat sekiz elli. 八點五十分。

42 Saat tam dokuz. 九點整。

43 Saat yarım. 十二點半。

44 Saat durmuş. 鐘停了。

45 Öğle on ikide yemek yiyoruz. 我們中午十二點吃飯。

46 Randevu saat beşte, unutma! 是約五點鐘，別忘了！

47 Akşam beşte randevum var. 我晚上五點有約。

48 Erken geldiniz. 您／你們早到了。

49 Geç kaldınız. 您／你們遲到了。

50 Market kaça kadar açık? 市場開到幾點？

51 Market akşam on bire kadar açık. 市場開到晚上十一點。

52 Kaçtan kaça kadar buradasın? 你幾點到幾點在這？

53 Saat birden üçe kadar. 從一點到三點。

54 İşini ne zaman bitirdin? 你什麼時候完成你的工作的？

55 Sabahtan akşama kadar çalıştım. 我已從早工作到晚。

56 Sekizden ona kadar. 從八點到十點。

 日期

Tarih

1 Bugün Salı. 今天是星期二。

2 Cuma'ya tatile çıkacağım. 我下週五要去渡假。

3 Yarın yok öbür gün Cuma. 後天是星期五。

4 En sevdiğin gün hangisi? 你最喜歡哪一天？

5 En sevdiğim gün Pazartesi. 我最喜歡的日子是星期一。

6 Yarın Çarşamba. 明天星期三。

7 Öbür gün Perşembe. 後天是星期四。

8 Haftaya tatile çıkacağım. 我下週要去渡假。

9 Bugün ayın kaçı? 今天是幾號？

10 Bugün ayın ikisi. 今天是二號。

11 Bugün ayın beşi. 今天是五號。

12 Bir ayda kaç gün var? 一個月有幾天？

13 Bir ayda otuz gün var. 一個月有三十天。

14 En sevdiğin ay hangisi? 你最喜歡哪個月份？

15 En sevdiğim ay Kasım. 我最喜歡的月份是十一月。

16 Ne zaman tatile çıkacaksın? 你什麼時候要去渡假？

17 Ağustos'ta tatile çıkacağım. 我八月的時候要去渡假。

18 Temmuz'un onunda tatile çıkacağım. 我七月十號要去渡假。

19 Doğum tarihiniz ne? 您／你們的生日是什麼時候？

20 Bugün günlerden ne? 今天是幾月幾號？

21 Hangi gün tatile çıkacaksın? 你哪一天要去渡假？

22 Bugün Haziran'ın yirmisi. 今天是六月二十號。

23 Bugün nisanın onu. 今天是四月十號。

24 Bugün Temmuz'un on sekizi. 今天是七月十八號。

Farklı durumlar

1 Hangi mevsimi çok seviyorsunuz? 您／你們比較喜歡哪個季節？

2 En sevdiğiniz mevsim hangisi? 你最喜歡哪個季節？

3 En sevdiğim mevsim yaz. 我最喜歡的季節是夏季。

4 Yaz mevsimini çok seviyorum. 我很喜歡夏季。

5 Yazı çok seviyorum. 我很喜歡夏天。

6 Kaç doğumlusunuz? 您是哪一年出生的？

7 Kaç yaşındasınız? 您貴庚？

8 Yaşınız kaç? 您／你們幾歲？

9 On sekiz Eylül iki bin beş. 二○○五年九月十八日。

10 Üç Mart bin dokuz yüz altmış altı. 一九六六年三月三日。

11 Ne zaman okulu bitirdin? 你學校什麼時候畢業的？

12 Geçen yıl okulu bitirdim. 去年我學校畢業了。

13 Ne zaman tatile çıkmak istiyorsun? 你想要什麼時候去渡假？

14 Seneye tatile çıkacağım. 明年我要去渡假。

關於時間、日期的說法

　　詢問時間用「Saat kaç?」（幾點？）詢問星期幾用「Bugün günlerden ne?」（今天星期幾？）要知道日期則用「Bugün ayın kaçı?」（今天幾號？）土耳其會像這樣在不同的狀況使用不同的問句。詢問時間很簡單，因為只要照著數位手錶顯示的數字念就行；星期幾也容易，因為一週只有七天，只要知道這些日子的說法就沒有問題。但是，土耳其一般在說日期的順序上是先說日再說月和年，這必須要特別注意，因為其他國家通常都先說年再說月和日。例如「20.10.2012」，這代表的是二〇一二年十月二十日。

Hava Durumu Sormak

（1）Diyalog 會話練習

路上 **Sokakta**

A Üşüyor musun?

冷嗎？

B Evet, hem de çok. Bugün hava çok soğuk. Sen üşümüyor musun?

嗯，而且還很冷。今天天氣很冷，你都不覺得冷嗎？

A Ben dün hava durumunu dinledim, kalın giyindim. Ama sen ince giyinmişsin.

我昨天有聽氣象預報，我穿得比較厚。但你穿得很單薄。

B Haklısın, ben dünkü gibi hava sıcak olur sandım.

你說的對，我以為會像昨天一樣熱。

A Bu hafta her gün yağmur var, hafta sonu da kar geliyormuş.

這星期每天都會下雨，聽說週末還會下雪。

B Bugün sıcaklık kaç derece?

今天幾度？

A Meteorolojinin dediğine göre eksi 2 derece, ama bence daha da soğuk.

根據氣象專家所說的是零下二度,但我覺得還會更冷。

B Bu kış zor geçecek, desene!

這個冬天會很難過,你說是吧!

A İklimler çok değişti. Artık yazlar çok sıcak, kışlar da çok soğuk oluyor.

氣候變化好大,已經變成夏天很熱冬天很冷了。

B Bu havalarda tedbirli olmak lazım.

這種天氣下要格外注意。

A Haklısın, ama sen tedbirli değilsin.

你說的對,但你卻沒小心。

（2）Temel Cümleler 基本常用句

春、夏

İlkbahar, Yaz

1	Ilık ılık rüzgâr esiyor. 吹著暖暖的風。
2	İlkbaharda hava ılımandır. 春天的天氣很溫和。
3	Bugün hava bulutlu. 今天是多雲的天氣。
4	Bugün hava parçalı bulutlu. 今天天氣部分多雲。
5	Çok sis var, görüş mesafesi çok kısa. 霧好大，能見度很低。
6	Bugün hava bunaltıcı. 今天天氣很悶熱。
7	Bugün hava çok güzel. 今天天氣很棒。
8	Bugün hava çok iyi. 今天天氣很好。
9	Bugün hava kaç derece? 今天是幾度？
10	Bugün hava nemli. 今天天氣很潮濕。
11	Ben sıcağı sevmiyorum. 我不喜歡熱。
12	Bugün hava serin değil. 今天不涼快。

13 Çok sıcak, terliyorum. 好熱，我在流汗。

14 Fırtına çıkacak. 會有暴風雨。

15 Gök gürültüsünden korkuyorum. 我怕打雷。

16 Serinlemek için klimalı bir yer bulmak lazım.
為了涼快，必須要找個有冷氣的地方。

17 Turistler güneşleniyorlar. 遊客在做日光浴。

18 Yazın yağmur yağar. 夏季會下雨。

Sonbahar, Kış

1 Bugün hava nasıl? 今天天氣如何？

2 Bugün hava güneşli. 今天有出太陽。

3 Bugün hava kapalı. 今天是陰天。

4 Bugün hava rüzgarlı. 今天有風。

5 Bugün hava serin. 今天天氣涼爽。

6 Bugün ayaz var. 今天天氣很乾冷。

7   Bugün hava ne sıcak ne soğuk. 今天天氣不冷也不熱。

8   Bugün hava yağışlı. 今天是會下雨／下雪的天氣。

9   Bugün hava yağmurlu. 今天是有雨的天氣。

10 Sonbaharda rüzgâr eser. 秋天會吹風。

11 Çığ düşme tehlikesi var. 有雪崩的危險。

12 Dağlara çok kar yağdı. 山上下了很多雪。

13 Kar nedeniyle yollar kapalı. 路由於雪的關係封了。

14 Kar yağdı. 下雪了。

15 Kışın kar yağar. 冬天會下雪。

16 Kayak mevsimi başladı. 滑雪季開始了。

17 Sular dondu. 水結冰了。

18 Yollar buzlandı. 路結冰了。

其他
Diğer

1 Ağacın altı serindir. 樹蔭下很涼爽。

2 Buranın iklimi ılımandır. 這裡的氣候溫和。

3 Buranın iklimi karasaldır. 這裡是大陸型氣候。

4 Buranın iklimi serttir. 這裡氣候嚴峻。

5 Deniz çok dalgalı. 今天很多浪。

6 Dün hava nasıldı? 昨天天氣如何？

7 Fena değil. 還不錯。

8 Gökte tek bulut yok. 萬里無雲。

9 Gökyüzü yıldızlarla kaplı. 滿天星斗。

10 Hadi gölgede oturalım. 我們快坐到陰影下。

11 Hava raporunu dinledin mi? 你有聽氣象預報嗎？

12 Hortum oldu. 有龍捲風。

13 Kasırga her tarafı sildi süpürdü. 暴風橫掃過。

14 Rüzgâr bodoslamadan esiyor. 正吹著逆風。

15 Sağanak yağışlı. 有陣雨的。

16 Suyun ısısı kaç? 水溫是幾度？

17 Şimşek çaktı. 有道閃電。

18 Yağmur dindi. 雨停了。

19 Yağmur şiddetlendi. 下滂沱大雨。

20 Yağmur yağacak gibi. 好像快下雨了。

21 Yağmur yağacak. 會下雨。

22 Yağmur yağdı. 下雨了。

23 Yağmurda ıslanacağız. 我們會淋濕。

24 Yarın hava nasıl olacak? 明天天氣會如何？

天氣預報

在土耳其我們可以透過氣象台得知與畜牧業、漁業和觀光業相關的天氣和路面的狀況，氣象台會從電視以及廣播發布最新的消息。人們則可依照預報的情況安排自己的行程。例如預報指出經過的路面會結冰時，人們就可以先做好應變的準備免得在路上拋錨。會下雪的情況下學校可能會放假，另外雪的高度也會影響交通，如果不事前預防，鄉村很有可能會交通中斷好幾個月。所以不想根據氣象預報計畫的人，通常就會被困在其中。

Lesson 14

Hobileri Sormak

（1）Diyalog 會話練習

旅程中 Yolculukta

A Yolculuk nereye? İstanbul'a mı?
要去哪裡？伊斯坦堡嗎？

B Evet, İstanbul'a, Ya siz?
是的，去伊斯坦堡，您呢？

A Ben de İstanbul'a gidiyorum. Bir resim sergisi açacağım.
我也要去伊斯坦堡，我要開一個畫展。

B Öyle mi? Ressamsınız o zaman.
真的嗎？那您是畫家囉。

A Evet, bu sekizinci kişisel sergim. Daha çok Paris'te yaşıyorum.
是的，這是我第八次的個人畫展。我比較常住在巴黎。

B Ne güzel! Ben de boş zamanlarımda fotoğraf çekerim.
真好！我空閒的時間也拍拍照。

A Sanatın her dalı çok güzeldir. Amatör müsünüz?
每一門藝術都很棒。您是業餘的嗎？

B Ben sizin gibi profesyonel değilim. Ama bazıları fotoğrafçılığı sanat saymıyorlar.
我不像您那麼專業，但有些人不將攝影算在藝術裡。

A Olur mu? Ne kadar yanlış? Siz öyle düşünmeyin.

怎麼會，真是錯得離譜，請您千萬別這麼想。

B Ben de belki ileride sizin gibi bir sergi açarım.

我也許在未來也像您一樣開個攝影展。

A Bu konuda sana yardımcı olabilirim. İşte kartım.

這個部份我能給你幫助，這裡是我的名片。

B Çok teşekkürler, inşallah beni unutmazsınız. Bu arada, serginizi ne zaman açıyorsunuz?

太感謝了，但願您不會忘記了。順道一提，您的展覽是何時要開？

A Yarın, Beşiktaş'ta açılışımız var, bir hafta sürecek.

明天，在貝西克塔斯有開幕式，會展出一個星期。

B Yarın mutlaka geleceğim. Davetiye gerekli mi?

明天我一定到場，需要邀請函嗎？

A Hayır, herkese açık.

不，是開放的。

B Teşekkürler, iyi yolculuklar. Başarılar dilerim.

謝謝，祝您旅途愉快、事事順利。

（2）Temel Cümleler 基本常用句

Hobi sormak

1　Boş zamanlarınızı nasıl değerlendiriyorsunuz?
您／你們怎麼利用空閒的時間？

2　Hafta sonları neler yapıyorsunuz? 您／你們週末都做些什麼？

3　Hobileriniz nelerdir? 您／你們的興趣／嗜好有哪些？

4　Hobilerinizden bahseder misiniz?
能說說您／你們的興趣／嗜好嗎？

5　Boş zamanlarınızda neler yapıyorsunuz?
您有空的時候會做什麼？

Spor

1　Hangi tür spordan hoşlanırsınız? 您／你們喜歡哪種類型的運動？

2　En sevdiğiniz spor dalı hangisi?
您／你們最喜歡的運動項目是哪個？

3　Boş zamanlarımda spor yaparım. 我有空的時候會去運動。

4 Spor yapıyor musunuz? 您／你們運動嗎？

5 Aerobik yapıyorum. 我做有氧舞蹈。

6 Yoga yapıyorum. 我做瑜珈。

7 Yüzme kursuna gidiyorum. 我在上游泳課。

8 Balık tutmayı seviyorum. 我喜愛釣魚。

9 Basketbol oynamayı seviyorum. 我喜歡打籃球。

10 Bisiklete binmeyi seviyorum. 我喜愛騎腳踏車。

11 Bovling oynamaktan hoşlanıyorum. 我喜歡打保齡球。

12 Futbol oynuyorum. 我踢足球／打美式足球。

13 Boş zamanlarımda futbol oynarım. 我有空的時候會踢足球。

14 Tenis kursuna katılacağım. 我要參加網球課。

15 Voleybol oynamaktan zevk alıyorum. 我從打排球得到樂趣。

16 Dağ yürüyüşleri yapıyorum. 我喜歡去山上健行。

17 Dağcılık çok riskli bir spor. 登山是個很有風險的運動。

18 Tayvan'da dağcılık çok gelişmiş. 台灣的登山運動很進步。

19 Karate ve judo ilgimi çekiyor. 我對空手道和柔道感興趣。

20 Halter çalışıyorum. 我在練舉重。

21 Avcılık kulübüne üyeyim. 我是狩獵俱樂部的會員。

Televizyon, Film

1 Boş zamanlarımda televizyon seyrederim.
   我有空的時候會看電視。

2 Bir günde kaç saat televizyon seyrediyorsunuz?
   您／你們一天看幾個小時的電視？

3 Televizyon seyretmeyi seviyor musunuz?
   您／你們喜歡看電視嗎？

4 Haber programlarını kaçırmıyorum. 我從不錯過新聞節目。

5 Dizi seyretmeyi seviyorum. 我喜歡看連續劇／影集。

6 Belgesel filmler ilgimi çekiyor. 我對紀錄片感興趣。

7 Türk filmleri izliyorum. 我看土耳其電影。

音樂
Müzik

1 Boş zamanlarımda müzik dinlerim. 我有空的時候會聽音樂。

2 Hangi tür müzik dinlersiniz? 您／你們聽哪種類型的音樂？

3 Hangi tür müzikten hoşlanırsınız?
您／你們喜歡哪種類型的音樂？

4 En sevdiğim müzik türü pop. 我最喜歡的音樂種類是流行音樂。

5 Klasik müzikten hoşlanıyorum. 我喜歡古典樂。

6 Hangi enstrümanı çalıyorsunuz?
您／你們彈／演奏的是哪種樂器？

7 Gitar çalıyorum. 我彈吉他。

8 Keman çalmayı biliyor musunuz? 您／你們會拉小提琴嗎？

9 Piyano çalıyorum. 我彈鋼琴。

10 Saz çalıyorum. 我會彈Saz（一種三弦彈撥樂器）。

Diğer 其他

1	Kelebek koleksiyonu yapıyorum.	我在收集蝴蝶。
2	Boş zamanlarımda resim yapıyorum.	我有空的時候會作畫。
3	Genellikle natürmort çalışıyorum.	我主要是做靜物寫生。
4	El işi yapmayı seviyorum.	我喜歡做手工。
5	Hangi oyunları biliyorsunuz?	您／你們知道哪些遊戲？
6	Para koleksiyonu yapıyorum.	我在收集錢。
7	Pul koleksiyonu yapıyorum.	我集郵。
8	Satranç oynamayı seviyorum.	我喜歡下西洋棋。

土耳其式娛樂

　　土耳其每個人都會對業餘或職業的某樣東西感興趣，沒有特別興趣的人通常就會去咖啡館打okey牌（類似麻將的遊戲）或是西洋雙陸棋（Tavla）打發時間。這些遊戲不賭錢，但輸的人要負責支付那天吃吃喝喝的費用。男人們會在這些咖啡館裡喝茶、鹹優格或是抽水菸（Nargile）。女人們空閒的時候則會去婦女之間舉辦的聚會或是邊做手工消磨時間。想要有趣的活動的人就會參加社團和俱樂部或是去市政府開設的課程為自己找一個適合的嗜好。

İş Görüşmesinde I

Lesson 15

（1）Diyalog 會話練習

面試 İş görüşmesi

A İyi günler, Müdür Beyle görüşmek istiyorum.

午安，我想要見主管先生。

B İyi günler efendim, buyurun oturun lütfen. Kim görüşmek istiyordu?

小姐午安，請這邊坐。是哪位要見主管呢？

A Adım Suzan ÇÖKMÜŞ, iş görüşmesi için gelmiştim.

我是蘇桑・裘可木須，為了面試來的。

B Randevunuz var mıydı?

請問您有先預約嗎？

A Evet, bugün saat üç için randevu almıştım.

有的，我預約了今天三點鐘。

B Bir dakika bekleyin lütfen.

請您稍候一分鐘。

B Alo, Müdür Bey, Suzan Hanım geldiler.

喂，主任，蘇桑小姐來了。

C Buyursun, gelsin.

請她進來。

B Müdür Bey ofisinde sizi bekliyor, buyurun.

主任在辦公室等您，這邊請。

A Teşekkür ederim.

謝謝您。

C Buyurun Suzan Hanım, hoş geldiniz, şöyle oturun lütfen.

這裡請蘇桑小姐，歡迎光臨，請這邊坐。

A Teşekkür ederim.

謝謝您。

A Gazetedeki ilanınız için rahatsız etmiştim.

我是為了你們在報紙上的徵人啟事來打擾。

C CV'nizi okudum. Çok iyi bir formasyonunuz var.

您的履歷我讀過了。您有很好的專業訓練。

A Teşekkür ederim, şartlarınızı öğrenmek istiyorum.

謝謝您，我想要了解你們的條件。

C Şartlarımız size de uyarsa sizinle çalışmak isteriz.

如果我們的條件有符合您的需求，希望有機會與您一起工作。

A Şartlarınız bana uyar. Ne zaman başlayabilirim?

你們的條件是符合我的。我什麼時候可以開始上班？

C Yarın hemen başlayabilirsiniz.

明天您馬上就可以開始。

（2）Temel Cümleler 基本常用句

 Randevu

1	Buyurun nasıl yardımcı olabilirim? 請問有需要協助的地方嗎？
2	İş başvurusunu yapmak için geldim. 我是來應徵工作的。
3	İş için müracaat etmek istiyorum. 我想要應徵工作。
4	Müdür Beyle görüşmek istiyorum. 我想要和主管見面。
5	Müdür Beyle görüşmem mümkün mü? 不知道我可不可以和主管見個面？
6	Mümkünse Müdür Beyle görüşecektim. 方便的話我想跟主管見個面。
7	Bugün saat üç için Müdür Beyle randevum vardı. 今天三點我和主管有約。
8	Ben Ege YILMAZ, Müdür Beye geldiğimi söyler misiniz? 我是艾給・耶馬司，可以請您通知主管我到了嗎？

İş görüşmesi

1 Gazetedeki ilânınız için geldim.
我是看到你們報上的徵人啟事來的。

2 Bilgisayar bilen birine ihtiyacımız var.
我們需要一名懂得電腦的人。

3 Full-time çalışmak istiyorum. 我想要全職的工作。

4 Part-time çalışmak istiyorum. 我想要兼職的工作。

5 İş tecrübeniz var mı? 您有工作經驗嗎？

6 Bu ilk işim. 這是我的第一份工作。

7 Ne iş olsa yaparım. 不管是什麼工作我都做。

8 Öğrenim durumunuz nedir? 您的教育程度是什麼？

9 Hangi okuldan mezun oldunuz? 您／你們是從哪個學校畢業的？

10 Ankara Üniversitesinden mezunum. 我畢業於安卡拉大學。

11 İşte diplomam. 這就是我的證書。

12 Tavsiye mektubunuz var mı? 您有推薦信嗎？

13 Buyurun tavsiye mektubum. 請看，這是我的推薦信。

14 Niçin bizi tercih ettiniz? 您選擇我們的原因是什麼？

15 Ne kadar ücret talep ediyorsunuz? 您要求的待遇是多少呢？

16 Ne kadar maaş veriyorsunuz? 你們給多少薪水？

17 Şirketimiz hakkında ne düşünüyorsunuz?
您對於我們公司有什麼想法嗎？

18 Şartlarınız neler? 您／你們的條件有哪些？

19 Şartlarımızı kabul ediyor musunuz? 您接受我們的條件嗎？

20 Yemek ve yol parası kime ait? 伙食費跟交通費是歸誰？

21 Hafta sonları çalışır mısınız? 你能週末工作嗎？

22 İngilizce biliyor musunuz? 你們懂英文嗎？

23 Kaç yabancı dil biliyorsunuz? 您會幾種外語呢？

24 Bir ay staj göreceksiniz. 你將要實習一個月。

25 On beş gün deneme süreniz var. 你有十五天的試用期。

26 Mesai saatlerini söyler misiniz? 您能說一下上班時間嗎？

27 Daha önce CV'nizi bırakmış mıydınız?
您之前有留過履歷了嗎？

28 CV'nizi buraya bırakın, biz sizi sonra ararız.
請將您的履歷留下，我們之後會跟您連絡。

29 Bir sorun olursa bana gelin. 有任何問題的話來找我。

30 Aramıza hoş geldiniz. 歡迎您加入我們。

31 Kararınızı bekliyorum. 我在等您／你們的答覆。

Ofiste

1 İşte çalışma masanız. 這就是您的辦公桌。

2 İşte mesai arkadaşlarınız. 這些就是您／你們的同事們。

3 Sigorta primlerini şirketimiz ödeyecek. 勞保我們公司會付。

4 Çalışma izniniz var mı? Sizi sigortalı yapacağız.
您有工作許可嗎？我們要為您投保。

土耳其就業現況

在土耳其，找工作也日益困難。掌握公帑的人老把錢拿來做自己的私事；無錢無勢的人不是在私人公司上班、就是在政府部門工作。年輕人因為經濟危機的關係，就算薪水少也寧可選擇去政府機關做事。現在要找工作，只擁有大學學歷已經不夠了，還要有附加的訓練才行，像是要精通不同的外國語言等。去面試和應徵工作時必須要有非常好的履歷。再來，外表和履歷幾乎是同等重要。第三，還要擁有自信。這些書面和外表的東西可以為你開啟進入職場的大門，最後就看你的運氣了。

İş Görüşmesinde II

（1）Diyalog 會話練習

街頭訪問

Sokak röportajı

A İyi günler beyefendi, size işinizle ilgili birkaç soru sorabilir miyim?

先生午安，我可以請教您一些和工作相關的問題嗎？

B İyi günler, buyurun, elbette.

午安，當然，請說。

A Ne iş yapıyorsunuz?

您是從事什麼樣的工作？

B Öğretmenim.

我是老師。

A Kaç yıldır çalışıyorsunuz?

您工作幾年了？

B Yirmi yıldır öğretmenlik yapıyorum.

我已經從事教職二十年了。

A Nerede öğretmenlik yapıyorsunuz?

您是在哪裡服務呢？

B Cumhuriyet Lisesinde.

在共和國高中。

工作會面篇 🔊 MP3-17

A Mesleğinizi seviyor musunuz?

您熱愛您的職業嗎？

B Elbette, mesleğimi severek yapıyorum.

當然，我是很樂意的做。

A Aldığınız ücretten memnun musunuz?

您對於領取的薪水滿意嗎？

B Aldığım ücret yeterli değil.

我拿的薪水並不足夠。

A Sosyal güvenceniz var mı?

您有社會保險嗎？

B Tabii, emekli sandığına bağlıyım.

當然，我有公保。

A Verdiğiniz bilgiler için teşekkürler.

謝謝您提供的資訊。

B Ben teşekkür ederim.

謝謝。

（2）Temel Cümleler 基本常用句

Meslekler／İşler

1	Hangi kurumda çalışıyorsunuz? 您在哪個機構上班？
2	Hangi şirkette çalışıyorsunuz? 您在哪家公司上班？
3	Nerede çalışıyorsunuz? 您在哪裡工作？
4	Adalet Bakanlığında çalışıyorum. 我在司法部上班。
5	Ankara Üniversitesinde çalışıyorum. 我在安卡拉大學工作。
6	Koç Holding'de çalışıyorum. 我在寇曲集團上班。
7	Ne iş yapıyorsunuz? 您是從事什麼工作的？
8	Devlet memuruyum. 我是公務員。
9	Müzisyenim. 我是音樂家。
10	Ev hanımıyım. 我是家庭主婦。
11	Polisim. 我是警察。
12	Bir şirkette sekreterlik yapıyorum. 我在這家公司擔任秘書。

13	Ben öğretmenim, öğretmenlik yapıyorum.
	我是老師，從事教職。

14	Doktorum, hastanede doktorluk yapıyorum.
	我是醫生，我在醫院工作。

15	Öğrenciyim, Chengchi Üniversitesinde okuyorum.
	我是學生，我就讀政治大學。

16	Mühendisim, bir fabrikada mühendislik yapıyorum.
	我是工程師，我在一家工廠擔任工程師。

17	İşim yok, çalışmıyorum. 我沒有工作，我不上班。

18	İşsizim. 我沒有工作。

İş ile ilgili

1	Aldığınız ücretten memnun musunuz? 您對於薪水滿意嗎？

2	Aldığım ücret yeterli değil. 我所領的薪水不夠。

3	Ek iş yapıyorum. 我有兼差。

4	İşiniz zor mu? 您的工作難嗎？

5 Mesleğinizin zorlukları neler? 您的工作有哪些難處？

6 İşiniz yorucu mu? 您的工作累人嗎？

7 İşim çok yorucu. 我的工作很累人。

8 İşinizden memnun musunuz? 您對於您的工作滿意嗎？

9 İşinizi seviyor musunuz? 您熱愛您的工作嗎？

10 Mesleğimi seviyorum. 我喜歡我的工作。

11 Kaç yıldır çalışıyorsunuz? 您工作幾年了？

12 Yirmi yıldır çalışıyorum. 我工作了二十年。

13 Neden bu mesleği seçtiniz? 為什麼選擇了這份工作。

14 Ne zaman emekli olacaksınız? 您什麼時候會退休？

15 Sigortanız var mı? 您有保險嗎？

16 Sosyal güvenceniz var mı? 您有社會保險嗎？

17 Hiçbir sosyal güvencem yok. 我沒有任何的社會保險。

18 Sağlık sigortanız var mı? 您有健康保險嗎？

19	**Sigortam yok.** 我沒有保險。
20	**Sendikalı mısınız?** 您是工會成員嗎？
21	**Sigortalıyım ve bir sendikaya bağlıyım.** 我有保險也是工會成員。

土耳其的理想職業

在土耳其，大部分的學生都會選擇讀大學而不想念職業學校。家裡的觀念往往也相同，但大學畢業之後他們卻跟從職業學校出來的人做相同的工作。每個人都想要當公務員，而不想從事藍領階級的工作。最可靠的是當醫生或是老師，不過近年來電腦工程師也變得相當吃香。

Lesson 17

Vize, Pasaport Başvuruları

（1）Diyalog 會話練習

Vize başvurusu 申請簽證

A İyi günler Beyefendi, Almanya'ya gitmek için vize almak istiyorum.
先生午安，我要申請去德國的簽證。

B Ne işle meşgulsünüz?
您是從事哪一行的？

A Emekliyim.
我退休了。

B Ziyaret sebebiniz ne?
拜訪的原因是？

A Oğlumu görmek için gideceğim.
我要去探望我兒子。

B Hanımefendi, oğlunuz size davetiye gönderdi mi?
女士，令郎有寄邀請函給您嗎？

A Evet, getirdim, buyurun.
有的，我帶來了，請過目。

B Ne kadar kalacaksınız?

您要停留多長時間？

A İki ay kadar kalacağım.

我會待兩個月。

B Pasaportunuz var mı?

您有護照嗎？

A Evet, yeşil pasaportum var.

是的，我有綠色護照。

B O halde sizin işiniz kolay. Şu belgeleri doldurup getirin.

既然如此那就簡單了。請先填寫那份表格再拿來。

A Vizem kaç günde çıkar?

我的簽證要幾天才會下來？

B Yarın başvurursanız bir hafta sonra çıkar.

如果您明天申請的話，一星期之後會下來。

A Teşekkürler.

謝謝。

（2）Temel Cümleler 基本常用句

Pasaport, Vize

1	Adınız ne? 您的姓名是？
2	Soyadınız ne? 您貴姓？
3	Babanızın adı ne? 令尊的姓名是？
4	Doğum tarihiniz ne? 您的出生年月日是？
5	Doğum yeriniz ne? 您的出生地是？
6	Hangi şehirde oturuyorsunuz? 您居住在哪裡城市？
7	Adresiniz ne? 您的地址是？
8	Nerede oturuyorsunuz? 您住在哪裡？
9	Mesleğiniz ne? 您的職業是？
10	Nerede çalışıyorsunuz? 您在哪裡工作？
11	Telefon numaranızı söyler misiniz? 能說一下您的電話號碼嗎？
12	Konsolosluğa başvurun. 請向領事館申請。

13 Vize aldınız mı? Vizeniz var mı?
您拿到簽證了嗎？您有簽證嗎？

14 Kaç ay vize aldınız? 您拿了幾個月的簽證？

15 Vizenizin süresi bir yıl. 您簽證的效期是一年。

16 Vizenizin süresi bitmiş. 您的簽證已經過期了。

17 Vizenizin süresini uzatın. 請延長您的簽證效期。

18 Vizemi uzatmak istiyorum. 我要延長我的簽證。

19 Pasaport aldınız mı? 您拿到護照了嗎？

20 Pasaportunuz var mı? 您有護照嗎？

21 Mavi pasaport sahibiyim. 我有藍色護照。

22 Pasaportunuzu gösteriniz. 請出示您的護照。

23 Pasaportunuz lütfen. 請給我您的護照。

24 Bu pasaport geçersiz. 這本護照是無效的。

25 Çocuklar eşimin pasaportuna kayıtlı.
小孩登記在我太太／先生的護照上。

 Gümrük

1	Bagaj kontrol. 行李檢查。
2	Bavulunuzu ve çantanızı açınız lütfen. 請打開您的行李箱和包包。
3	Metal eşyalarınızı masaya koyun. 請將金屬物品放在桌上。
4	Bunlar benim özel eşyalarım. 這些是我的私人物品。
5	Bunlar hediyelik eşyalarım. 這些是我要送人的東西。
6	Bunları gümrükten geçirebilir miyim? 我能帶這些東西通過海關嗎？
7	Bu eşyaların gümrüğü var mı? 這些東西要報關嗎？
8	Gümrüğe giren eşyanız var mı? 您有需要報關的東西嗎？
9	Gümrüğe giren eşyam yok. 我沒有需要報關的東西。
10	Bu eşyalar gümrükten geçer mi? 這些東西過得了海關嗎？
11	Bu eşyalar gümrükten geçmez. 這些東西過不了海關。
12	Bunun böyle olacağını bilmiyordum. 我不知道這會變成這樣。

13 Bunun yasak olduğunu bilmiyordum.
我不知道這些是禁止的／違禁品。

14 Daha önce götürmüştüm. 我之前有帶過。

15 Gümrükte çok sıkı kontrol var. 海關有很嚴格的管制。

16 Bu eşyaların vergisi var mı? 這些東西要課稅嗎？

17 Bu eşyaların vergisi var. 這些東西要課稅。

18 Ne kadar vergi vereceğim? 我要付多少稅？

19 Neden zorluk çıkarıyorsunuz? 您為什麼要為難人呢？

20 Lütfen polis noktasına geliniz. 請您到駐警站。

21 Yurt dışına çıkma yasağınız var. 您被限制出境。

護照檢查

Pasaport kontrol

1 Uyruğunuz ne? 您是從哪個國家來的？

2 Buraya niçin geldiniz? 為什麼來這裡？

3 Çalışmak için buradayım. 我在這是為了工作。

4　Tatil için buradayım. 我在這是為了渡假。

5　Transit yolcuyum. 我是轉機的旅客／我要在這轉機。

6　Burada kaç gün kalacaksınız? 您要在此停留幾天？

7　Çalışma iznim var. 我有工作許可。

8　Elçiliğe telefon edebilir miyim? 我能打電話去大使館嗎？

9　Daha önce geçmiştim. 我之前已經通過了。

10　Buyurun geçin. 請通過。

11　Valizleri taşımak için hamal bulunur mu? 這裡有搬行李的人嗎？

12　VİP'ten geçmem mümkün mü? 我有可能從貴賓通道過嗎？

13　Şehir merkezine servis var mı? 有市區接駁服務嗎？

土耳其的簽證和護照

　　土耳其的簽證和護照業務變得快速又簡單，但對想要出國的土耳其人來說，取得簽證是個非常困難且需要時間的事情。近幾年來有許多國家已經給予土耳其免簽證的待遇，不過為了進入歐洲和美國，土耳其人仍然在長長的隊伍中等待。想要入境土耳其的人，只要帶著護照至各地大使館或領事館（台灣是代表處），就可以順利地拿到簽證。自2013年5月起，土耳其對中華民國護照有限制地開放使用電子簽證（e-visa）。只要連上網路，即可透過幾個簡單的步驟快速申請到土耳其簽證。土耳其的護照除了有一般護照（灰色）之外，還有長時間任公務員的綠色護照，持這種護照比較容易拿到簽證。除此之外公務員中還有紅色護照。持居留簽證的人可以藉由出入境鄰近國家來延長簽證。工作簽證則是要經過勞委會的允許才行。

Deyimleri kullanmak

（1）Diyalog 會話練習

Salonda

A Günaydın karıcığım, iyi uyudun mu?

早安，我親愛的太太，睡得好嗎？

B Günaydın canım çok iyi uyudum. Ya sen?

親愛的早安，我睡得很好，你呢？

A Ben de iyi uyudum. Bu gece bir rüya gördüm.

我也睡得很好。我晚上還做了個夢。

B Hayırdır inşallah, rûyanda ne gördün? Anlatsana.

希望是好夢，你做了什麼夢？說來聽聽。

成語運用篇 MP3-19

 廚房裡

Mutfakta

A Beyhan kahvaltı hazır, değil mi?

貝涵，早餐準備好了，對吧？

B Beş dakika sonra hazır sayılır canım.

親愛的，五分鐘之後才算準備好。

A Tamam, ben de bu arada bir duş alayım.

好，那我這時候先去沖個澡。

(10 dakika sonra)

（十分鐘後）

B Kahvaltı hazır. Haydi masaya.

早餐準備好了，快點上桌。

A Tamam geliyorum. Çocuklar da geldiler mi?

好我來了。孩子們吃了嗎？

B Sıhhatler olsun, çabuk masaya.

祝福你（洗髮／理髮後使用的慣用語），快上桌來。

A Teşekkür ederim. Ooo! Kahvaltı da çok güzel gözüküyor.

謝謝。哇！早餐看起來很棒。

B Senin için sucuklu yumurta yaptım. Çocuklara da patates kızarttım.

我為了你做了香腸蛋，也幫孩子們炸了薯條。

A Eline sağlık hayatım, zahmet etmişsin.

謝謝妳做的菜，親愛的，麻煩妳了。

B Rica ederim, ne zahmeti, afiyet olsun.

不客氣，哪辛苦了，祝好胃口。

A Teşekkür ederim.

謝謝。

Kahvaltıdan sonra, salonda

A Ben hemen çıkıyorum. Haydi hoşça kalın.

我馬上要出門了，再見。

B Bugün çok şıksın hayatım.

親愛的你今天很時髦。

A Teşekkür ederim. Her zamanki gibi sen de bugün çok güzelsin.

謝謝，就跟往常一樣，妳今天也很漂亮。

B İltifatın için teşekkür ederim.

謝謝你的讚美。

A Kendinize iyi bakın, hoşça kalın.

好好照顧自己，再見。

B Güle güle canım kendine iyi bak.

親愛的再見，自己小心。

Apartmandan çıkarken

A Günaydın Süleyman Efendi, kolay gelsin ne yapıyorsun?

早安蘇雷曼先生，工作辛苦了，你在做什麼？

B Günaydın Mehmet Bey, çiçekleri suluyorum.

早安美合美特先生，我在澆花。

A Duyduğuma göre eşin hastaymış. Geçmiş olsun nesi var?

我聽說夫人生病了，怎麼了？祝她早日康復。

B Teşekkürler Mehmet Bey biraz üşütmüş. Şimdi iyi.

謝謝美合美特先生，之前是有點著涼了，現在沒事了。

A Haydi, Allahaısmarladık.

那再見。

B Güle güle Mehmet Bey, yolun açık olsun.

再見，事事順利。

Alış-verişte

A İyi günler, 1 kilo patates, 2 kilo soğan, 1 kilo patlıcan, 2 kilo da kabak istiyorum.

日安,我要一公斤馬鈴薯、兩公斤洋蔥、一公斤茄子和兩公斤的櫛瓜。

B İyi günler hanımefendi, derhal.

小姐日安,馬上給您。

A Borcum ne kadar?

我的多少錢?

B Hepsi 15 Lira(TL).

總共十五里拉。

A Buyurun, şuradan alın.

錢在這,請拿。

B Allah bereket versin.

祝財源廣進、生意興隆。

A Bereketini gör.

彼此彼此。

Tebrik
恭喜

A Anne, bugün Matematikten 100 aldım.

媽媽，我今天數學拿一百分。

B Aferin, tebrikler. Babana da söyle.

做得很好孩子，恭喜啊。也跟你爸說一下。

A Babacığım bugün Matematikten 100 aldım.

爸爸，我今天數學考一百分。

C Bravo oğlum. Seninle ne kadar övünsem az.

太棒了兒子。我以你為榮。

Olumsuz duruma karşı

A Ben bulaşıkları yıkayacağım. Çok bulaşık birikti.

我要洗碗，堆了好多髒碗盤。

B Öyleyse, ben de biraz televizyon seyredeyim.

這樣的話，我看一下電視好了。

A Hay Allah kahretsin.

唉，真該死。

B Ne oldu canım, bir şey mi var?.

親愛的怎麼了，有事嗎？

A Tabaklar yere düştü, kırıldı.

盤子掉地、破了。

B Canın sağ olsun. Sana bir şey olmadı ya!

碎碎平安。妳沒事吧！

A Canın sağ olsun olur mu ayol! En sevdiğim takımdı.

碎碎平安，怎麼能這樣，這是我最喜歡的一組。

B Önemli değil, daha iyilerini alırız.

沒關係啦，我們再買更好的。

Sohbet sırasında

A Beyhan, yeni elbisemi nasıl buldun?

貝涵，妳覺得我的新衣服怎麼樣？

B Çok yakışmış, güle güle giy.

很適合你，穿得開心。

A Akşamleyin geç geleceğim. Beni yemeğe bekleme.

我晚上會晚點回來，別等我吃飯。

B Hayrola bir şey mi var?

怎麼了？有什麼事嗎？

A İş arkadaşımın annesi ölmüş. Başsağlığına gideceğim.

我同事的母親過世了，我要去祭弔她。

B Allah rahmet etsin, geride kalanların başı sağ olsun.

阿拉保佑，希望他們家裡的人節哀。

Yatak odasında

A Mehmet kalk, dışarıda bir gürültü var.

美合美特起來，外面有個聲音。

B Bize ne canım?

親愛的那干我們什麼事？

A Bize ne olur mu ayol! Sesler bahçeden geliyor.

怎麼能說干我們什麼事？聲音從院子傳來的。

B Umurumda değil. Çok yorgunum yatmak istiyorum.

無所謂，我很累想睡覺。

A Öyle mi? Evin erkeği sensin, bana göre hava hoş.

是這樣嗎？家裡的男人是你，我無所謂。

Kafede

A Arkadaşlar size bir haberim var.

各位，我有個消息要告訴你們。

B Hayırdır, evleniyor musun yoksa?

怎麼樣，難道你要結婚嗎？

A Yok canım, ne evlenmesi, bu ayın sonunda askerim.

才不是，結什麼婚。這月底我就是阿兵哥了。

C Öyle mi! Hayırlı tezkereler.

是嗎！那祝你早日退伍。

Sokakta

A Sabah sabah nereye komşu?

大清早的去哪裡啊，鄰居？

B Balığa gidiyorum. Biliyorsun balık sezonu.

我要去釣魚。你知道的，釣魚季嘛。

A Rastgele.

祝好運。

（2）Temel Cümleler 基本常用句

祝福、祈望

Başkaları hakkında dilek istek ve temennilerde bulunma

1	Afiyet olsun. 祝好胃口／請慢用。
2	Allah bereket versin. 生意興隆／財源廣進。
3	Bereketini gör. 彼此彼此。（回應Allah bereket versin）
4	Allah rahmet etsin. 阿拉保佑。
5	Allah tamamına erdirsin. 祝圓滿順利。
6	Allah analı babalı büyütsün. 願阿拉賜予成長在父母健全的家。
7	Başarılar dilerim. 祝馬到成功。
8	Bir yastıkta kocayın. 白頭偕老。
9	Çok yaşa. 長命百歲。（對打噴嚏的人說）
10	En kötü günümüz böyle olsun. 願最糟的日子是像這樣開心。（聚會時說）
11	Güle güle giy. 開心地穿。（穿新東西時的祝賀詞）

12 Güle güle kullan. 開心地用。（換新東西用時的祝賀詞）

13 Güle güle otur. 開心地住。（搬家時的祝賀詞）

14 Hayırlı işler. 工作／事情順利。

15 Hayırlı tezkereler. 祝順利退伍。

16 İnşallah. 但願如此／阿拉成全／阿拉保佑。

17 İyi Bayramlar. 佳節愉快。

18 İyi tatiller. 假期愉快。

19 Kolay gelsin. 工作順利。

20 Mutlu yıllar. 新年快樂。

21 Nice yıllara. 新年快樂。

22 Mutluluklar. 祝幸福。

23 Rastgele. 祝好運。

24 Sıhhatlar olsun. 祝福您。（洗髮／理髮後的慣用語）

25 Tuttuğunuz altın olsun. 心想事成。

26 | Yolun açık olsun. 一帆風順。

27 | Geçmiş olsun. 讓它成為過去吧／早日康復。

28 | Canın sağ olsun. 放寬心／別擔心。（對他人遭遇表達關心、安慰）

29 | Kendinize iyi bakın. 請您／你們保重。

30 | Sağlığına. 乾杯。

31 | Şerefe. 乾杯。

Kişileri motive etme

1 | Aferin. 做得好。（長輩對晚輩）

2 | Bravo. 太棒了。

3 | Maşallah. 令人讚嘆的。（對美好／欣賞的事物讚美時說）

4 | Yaşa. 幹得好。

5 | Eline sağlık. 謝謝你做的菜。（手做的東西）

稱讚 Başkalarına kompliman

1 Bugün çok güzelsin. 你今天很漂亮。

2 Bugün çok şıksın. 你今天很時髦。

3 Her zamanki gibi. 跟往常一樣。

希望 Ümit etmek

1 Belki. 大概。

2 Keşke. 但願如此。

忽略、不在意 Umursamama ve önemsememe anlamında

1 Boş ver. 算了。

2 Bana ne? 干我什麼事？

3 Umurumda değil. 我不在乎。

4 Bana göre hava hoş. 我無所謂。

5　Ne zahmeti. 不會麻煩。

6　Önemli değil. 沒關係／不客氣。

7　Rica ederim. 不客氣。

Uyarı ikaz anlamında

1　Hazır sayılır. 算是準備好了。

2　Sakın ha! 千萬不要喔！

3　Dikkat et. 小心。

4　Dikkat. 當心。

Gerçeği onaylamak anlamında

1　Kesinlikle. 絕對。

2　Tamam. OK。

3　Gerçekten. 真的。

4 Vallahi. 說真的。

5 Şüphesiz. 無疑的。

6 Eminim. 我確定。

7 Haklısınız. 您／你們有道理。

Üzüntü belli etme
表達難過

1 Allah kahretsin. 這該死的。

2 Beni rahat bırak. 別煩我／讓我安靜一下。

Özür pişmanlık anlamında
懊悔

1 Çok yazık. 太可惜了。

2 Bağışlayın. 請原諒我。

3 Özür dilerim. 對不起。

4 Pişmanım. 我後悔。

5 Üzgünüm. 我很難過。

Diğer

1 Çok komik. 很好笑。

2 Daha ne olsun. 還要怎麼樣。

3 Başınız sağ olsun. 請節哀順變。

4 Kuşkuluyum. 我懷疑。

5 Bana güven. 相信我。

6 Hazırım. 我準備好了。

7 Siz bilirsiniz. 您／你們自己看著辦。

8 Acelem var. 我很急。

9 Aman Tanrım. 我的老天啊。

10 Hayrola. 怎麼回事？

11 Efendim? 抱歉？（回應別人呼喚時）

12 Buyurun. 這邊請。

13 Lütfen. 請。

14 Merak etmeyin. 請不要擔心。

15 Ne var? 有什麼事？

16 Öyle mi? 真的嗎？

17 Ya sen? 那你呢？

18 Yardım edin. 請來幫忙。

19 Unuttum. 我忘了。

20 Söz veriyorum. 我答應你／我承諾。

土耳其的慣用語

　　土耳其中成語和諺語占有很重要的地位，這種組合方式能使字彙量少的土耳其語豐富化。這種表達方式大部分是運用隱喻和引申來說明更深的意義。例如對打噴嚏的人說「çok yaşa」（長命百歲）；向釣到魚的人說「rastgele」（祝好運）；又或者是對買新房子的人說「hayırlı olsun」（願一切順利）、「güle güle oturun」（住得開心）。這些都已經以同樣的形式使用了幾百年，以後也會繼續下去。想試圖按照一般的文法結構來理解是不正確的，正確的方法是觀察關聯性和找出其中蘊涵的訊息。

- **Afiyet olsun.** 祝好胃口！

  適用於：煮飯的人向吃的人說／對前往吃飯的人說。

- **Bereket versin.** 生意興隆！／財源廣進！

  適用於：買賣進行的雙方。

- **Elinize sağlık.** 謝謝！

  適用於：接受以手做的東西時（飯菜、手工……等）表達感謝之意。

- **Güle güle kullanın.** 用得開心！

  適用於：別人收到可以使用的禮物時，表達祝福。

- **Güle güle oturun.** 坐／住得開心！

  適用於：別人收到可以坐／住的禮物時，表達祝福。

- **Başınız sağ olsun.** 節哀順變。

  適用於：參加喪事或得知某人過世時，表達慰問的用語。

- **Geçmiş olsun.** 讓它成為過去吧。

  適用於：得知某人生病或是遭遇不好的事情時的用語。

Argoları kullanmak

（1）Diyalog 會話練習

酒館裡 **Meyhanede**

A Ulan, adi herif. Bizim biralar nerde kaldı.

他媽的混帳東西，我們的啤酒哩？

B Çatlamayın abiler. On tane elim yok ya!

大哥不要生氣，我忙不過來啊（我沒手啊）！

A Vay dümbük vay, cevap veriyor bir de.

唉呀你看這渾蛋，還敢回嘴。

C Hoop, Beyler, küfür etmeyin, ayıp oluyor.

喔，先生，請不要說髒話，很失禮。

A Sen ne karışıyorsun ulan pezevenk, gelmeyim oraya.

你少管閒事，他媽的皮條客，別逼我過去。

B Tamam abiler, sakin olalım. Herkes yerine.

好了大哥們，冷靜下來。大家回到自己位子上。

俚語運用篇 MP3-20

（2）Temel Cümleler 基本常用句

語氣較
輕微的

Daha hafif argolar

1	Adi herif.	低俗的傢伙。
2	Ahlâksız.	沒品無恥的。
3	Allah belânı versin!	我詛咒他。
4	Allah kahretsin!	該死的！
5	Aptal.	笨蛋。
6	Bela mısın sen?	煩死了。
7	Defol git!	快滾！
8	Gözüm görmesin seni.	真希望我看不見你／滾出我的視線範圍。
9	Kafamı bozma.	別惹我生氣。
10	Git belanı başka yerde ara.	去別的地方找麻煩。

Daha ağır argolar

1 Hayvan. 禽獸。

2 İbne. 男同性戀的 0 號。

3 İbnelik yapma. 別不要臉。

4 Dümbük. 皮條客。

5 Kavat. 皮條客。

6 Eşek oğlu eşek. 上樑不正下樑歪。（驢的兒子就是驢）

7 Eşek. 驢。

8 İt oğlu it. 上樑不正下樑歪。（狗的兒子就是狗）

9 İt. 狗。

10 Manyak. 瘋子。

11 Namussuz. 不知羞恥的。

12 Nankör. 忘恩負義的。

13 Orospu çocuğu. 妓女的孩子。

14 Orospu. 妓女。

15 Pezevenk! 拉皮條的。

16 Piç. 私生子。

17 Şerefsiz. 不知羞恥。

18 Yavşak. 厚臉皮的黏人精。

土耳其的俚語

　　土耳其語和其他每個語言一樣，有很多街頭俚語。不同地點和情況下，俚語被使用的頻率非常高。尤其是朋友或是年輕人，對彼此開玩笑或是吵架時常常使用。

Soru Cümleleri

土耳其的疑問句

　　和每種語言一樣，土耳其語中也有疑問詞，而且大部分的時候，我們會用這些疑問詞來溝通。像是ne（什麼）、kim（誰）、nasıl（怎麼）、ne zaman（什麼時候）、kaç（幾）、nerede（哪裡），可以藉著使用這些疑問詞和肢體語言的輔助，向他人表達我們的意思。因此對於外國人來說，了解這些核心詞是相當有助益的。

（1）Kim和Ne的用法

Kim?

a) 有指定詞時放句尾

1 **Bu kim?** 這是誰？

Bu öğretmen. (öğrenci, doktor, mühendis, sekreter, şarkıcı, müdür)

這是老師。（學生、醫生、工程師、秘書、歌手、主管）

2 **Şu kim?** 那是誰？

Şu Tayvanlı. (Türk, Alman, İngiliz, Japon, Koreli, Amerikalı, Fransız)

那是台灣人。（土耳其人、德國人、英國人、日本人、韓國人、美國人、法國人）

問句篇  MP3-21

3 O kim? 他是誰？

O Özcan Bey. (Cemil Bey, Kim Bey, Ayşe Hanım, Yıldız Hanım)

他是歐斯強先生。（傑米先生、金先生、愛雪小姐、耶德絲小姐）

4 Bunlar kim? 這些是誰？

Bunlar öğrenci. (yabancı, işçi, memur, turist, iş adamı, hizmetçi)

這些是學生。（外國人、工人、公務員、觀光客、商人、服務人員）

5 Şunlar kim? 那些是誰？

Şunlar öğretmen. (mimar, ressam, köylü, aşçı, garson, polis)

那些是老師。（建築師、畫家、村民、廚師、服務生、警察）

6 Onlar kim? 他們是誰？

Onlar asker. (hostes, pilot, şoför, hemşire, tamirci, müzisyen)

他們是軍人。（空服員、機長、駕駛、護士、維修人員、音樂家）

b) 接動詞放句首

1 Kim gülüyor? 誰在笑？

Ayşe gülüyor. 愛雪在笑。

2 Kim ağlıyor? 誰在哭？

Ben ağlıyorum. 我在哭。

3 Kim geldi? 誰來了？

Öğretmen geldi. 老師來了。

4 Kim telefon etti? 誰打過電話？

Müdür telefon etti. 主管打了電話。

5 Kim okula gidecek? 誰要去學校？

Ahmet okula gidecek. 阿合美特要去學校。

c) 放形容詞前面

1 Kim hasta? 誰生病了？

Fatma hasta. 法特瑪生病了。

2 Kim güzel? 誰漂亮？

Ece güzel. 艾潔漂亮。

3 Kim akıllı? 誰聰明？

Yasemin akıllı. 亞賽明聰明。

4 Kim zengin? 誰是有錢人？

O zengin. 他是有錢人。

d) 放名詞後面

1　Doktor kim? 醫生是誰？
　Doktor Yusuf Bey'dir. 醫生是尤素夫先生。

2　Öğretmen kim? 老師是誰？
　Öğretmen Kim Bey'dir. 老師是金先生。

3　Patron kim? 老闆是誰？
　Patron Sakıp Sabancı'dır. 老闆是薩克普‧薩班哲。

e) 使用istemek動詞時

1　Kim Türkçe öğrenmek istiyor? 誰想要學土耳其語？
　Biz Türkçe öğrenmek istiyoruz. 我們想要學土耳其語。

2　Kim uyumak istiyor? 誰要睡覺？
　Çocuk uyumak istiyor. 小孩要睡覺。

3　Kim yemek yemek istiyor? 誰想吃東西？
　Kim Hoca yemek yemek istiyor. 金老師想吃東西。

4　Kim telefon etmek istiyor? 誰想要打電話？
　Özcan Bey telefon etmek istiyor. 歐斯強先生想要打電話。

5　Kim alışveriş yapmak istiyor? 誰想要購物？
　Kadınlar alışveriş yapmak istiyor. 女人們想要購物。

 **Ne?**

a) 有指定詞時放句尾

1　Bu ne? 這是什麼？

Bu kalem. (kitap, masa, saat, gözlük, telefon, bilgisayar)
這是筆。（書、桌子、時鐘、眼鏡、電話、電腦）

2　Şu ne? 那（中距離）是什麼？

Şu kedi. (köpek, at, kuzu, eşek, kuş, balık)
那是貓。（狗、馬、羊。驢子、鳥、魚）

3　O ne? 那（遠距離）是什麼？

O gemi. (uçak, taksi, otobüs, metro, tren, bisiklet)
那是船。（飛機、計程車、公車、捷運、火車、腳踏車）

4　Bunlar ne? 這些是什麼？

Bunlar kitap. 這些是書。

5　Şunlar ne? 那些（中距離）是什麼？

Şunlar kaset. 那些是錄音帶。

6　Onlar ne? 那些（遠距離）是什麼？

Onlar sandalye. 那些是椅子。

b) 接動詞放句首

1 Ne yapıyorsun? 你在幹嘛？
　Ders çalışıyorum. 我在讀書。

2 Ne içiyorsun? 你喝什麼？
　Kola içiyorum. 我在喝可樂。

3 Ne yedin? 你吃了什麼？
　Hamburger yedim. 我吃了漢堡。

c) 放形容詞前面

1 Ne ucuz? 什麼便宜？
　Ayakkabı ucuz. 鞋子便宜。

2 Ne pahalı? 什麼貴？
　Yemek pahalı. 食物貴。

3 Ne faydalı? 什麼有益？
　Spor faydalı. 運動有益。

4 Ne zararlı? 什麼有害？
　Sigara zararlı. 香菸有害。

d) 使用istemek動詞時

1　Ne içmek istiyorsun? 你想喝什麼？
Kahve içmek istiyorum. 我想喝咖啡。

2　Ne yapmak istiyorsun? 你想做什麼？
Türkçe öğrenmek istiyorum. 我想學土耳其語。

3　Ne okumak istiyorsun? 你想讀什麼？
Kitap okumak istiyorum. 我想讀書。

4　Ne yemek istiyorsun? 你想吃什麼？
Döner yemek istiyorum. 我想吃沙威瑪。

（受格）誰？

Kimi?

a) 單數受詞

1　Kimi seviyorsun? 你愛誰？
Annemi seviyorum. 我愛我媽媽。

2　Kimi davet ettin? 你邀請了誰？
Arkadaşlarımı davet ettim. 我邀請了我的朋友們。

3　Kimi özledin? 你想誰？
Oğlumu özledim. 我想我兒子。

4 Kimi bekliyorsun? 你在等誰？

Ayşe'yi bekliyorum. 我在等愛雪。

b) 複數受詞

1 Kimleri görüyorsun? 你看見誰？

Öğretmenleri görüyorum. 我看見老師們。

2 Kimleri gezdireceksin? 你要帶誰去逛逛／遊覽？

Turistleri gezdireceğim. 我要帶觀光客們去逛逛／遊覽。

3 Kimleri okutuyorsun? 你讓誰讀？

Öğrencileri okutuyorum. 我讓學生們讀。

（受格）什麼？

Neyi?

a) 單數受詞

1 Neyi seviyorsun? 你愛什麼？

Denizi seviyorum. 我愛海。

2 Neyi bekliyorsun? 你在等什麼？

Otobüsü bekliyorum. 我在等公車。

3 Neyi yakaladın? 你抓到什麼了？

Kelebeği yakaladım. 我抓到蝴蝶了。

b) 複數受詞

1 Neleri arıyorsun? 你在找什麼？

Anahtarları arıyorum. 我在找鑰匙。

2 Neleri diktin? 你縫了什麼？

Elbiseleri diktim. 我縫了衣服。

3 Neleri özlüyorsun? 你想念什麼？

Kedilerimi özledim. 我想念我的貓。

（2）Nerede和Neresi的用法

Nerede?

1 Banka nerede? 銀行在哪裡？

Banka şurada. 銀行在那裡。

2 Öğretmen nerede? 老師在哪裡？

Öğretmen sınıfta. 老師在教室裡。

3　Türkiye nerede? 土耳其在哪裡？

Türkiye Asya'da. 土耳其在亞洲。

Neresi?

1　Burası neresi? 這裡是哪裡？

Burası Tayvan. 這裡是台灣。

2　Şurası neresi? 那裡（中距離）是哪裡？

Şurası park. 那裡是公園。

3　Orası neresi? 那裡（遠距離）是哪裡？

Orası İzmir. 那裡是伊茲米爾。

（3）Ne zaman和Kaç的用法

Ne zaman?

1　Ne zaman Türkiye'ye gideceksin? 你什麼時候要去土耳其？

İki ay sonra Türkiye'ye gideceğim. 我兩個月後會去土耳其。

2　Ne zaman yemek yedin? 你什麼時候吃的飯？

İki saat önce yemek yedim. 我兩小時前吃過飯。

 **Ne zamandan beri?**

1 Ne zamandan beri Türkçe öğreniyorsun?
你從什麼時候開始學土耳其語？
Altı aydan beri Türkçe öğreniyorum.
我從六個月前開始學土耳其語。

2 Ne zamandan beri bekliyorsun? 你從什麼時候開始等的？
İki saatten beri bekliyorum. 我從兩個小時前開始等的。

 Ne zamandır?

1 Ne zamandır çalışıyorsun? 你工作多久了？
Beş yıldır çalışıyorum. 我工作五年了。

2 Ne zamandır Türkiye'desin? 你在土耳其多久了？
Bir yıldır Türkiye'deyim. 我在土耳其一年了。

 **Kaç?**

1 Saat kaç? 幾點？
Saat üç. 三點。

Kaçta?

1　Saat kaçta buluşalım? 我們要幾點見面？
　　Saat onda buluşalım. 我們十點見面吧。

2　Saat kaçta yemek yiyorsun? 你幾點吃飯？
　　Saat on ikide yemek yiyorum. 我十二點吃飯。

（4）Nasıl的用法

Nasıl?

1　Nasılsın? 你好嗎？
　　İyiyim. 我很好。

2　Türkiye nasıl? 土耳其如何？
　　Türkiye çok güzel. 土耳其很棒。

3　Eve nasıl gidiyorsun? 你要如何回家？
　　Eve otobüsle gidiyorum. 我搭公車回家。

（5）Hangi的用法

Hangisi?

1　Hangisi güzel? 哪個漂亮？
　　Kırmızı güzel. 紅色漂亮。

2　Hangisi çok çalışıyor? 哪個努力工作？
　　Şu çok çalışıyor. 那個（人／機器）努力幹活。

Hangisini?

1　Hangisini seviyorsun? 你愛哪一個？
　　Şunu çok seviyorum. 我很愛那個。

2　Hangisini beğendin? 你喜歡哪個？
　　Şunu beğendim. 我喜歡那個。

（從哪個？）
Hangisinden?

1　Hangisinden korkuyorsun? 你害怕哪個？
　　Şundan korkuyorum. 我害怕那個。

2 Hangisinden hoşlanıyorsun? 你喜歡哪個？

Şundan hoşlanıyorum. 我喜歡那個。

給哪個？／到哪個？

Hangisine?

1 Hangisine para verdin? 你把錢花在哪？

Şuna para verdim. 我把錢花在那。

2 Hangisine binelim? 我們要搭哪個？

Şuna binelim. 我們搭那個。

在哪個？

Hangisinde?

1 Hangisinde para çok? 哪個錢很多？

Şunda para çok. 那個錢很多。

2 Hangisinde problem var? 問題在哪裡？

Şunda problem var. 問題在那裡。

跟哪個？

Hangisiyle?

1 Hangisiyle konuşmuyorsun? 你不跟哪位說話？

Şunla konuşmuyorum. 我不跟那位說話。

2 Hangisiyle gidiyorsun? 你跟哪個去？

Şunla gidiyorum. 我跟那個去。

（6）詢問價錢的疑問詞

Ne kadar?

1 Bu gömlek ne kadar? 這件襯衫多少？

Bu gömlek 10 lira. 這件襯衫十里拉。

2 Uçak bileti ne kadar? 機票多少？

Uçak bileti 100 lira. 機票一百里拉。

Kaç lira?

1 Bir kilo elma kaç lira? 一公斤蘋果多少里拉？

Bir kilo elma 2 lira. 一公斤蘋果兩里拉。

2 Bir litre süt kaç lira? 一公升牛奶多少里拉？

Bir litre süt 1 lira. 一公升牛奶一里拉。

Fiyatı ne?

1 Bunun fiyatı ne? 這個的價格是多少？
   Bunun fiyatı 30 lira. 這個的價格是三十里拉。

2 Evin fiyatı ne? 房屋的價格是多少？
   Evin fiyatı 100,000 lira. 房屋的價格是十萬里拉。

（7）Niçin和Neden的用法

Niçin?

1 Niçin Türkiye'ye gidiyorsun? 你為什麼去土耳其？
   Türkçe öğrenmek için 為了學土耳其語。

2 Niçin ağlıyorsun? 你為什麼哭？
   Paramı kaybettim 我把錢搞丟了。

Neden?

1 Neden işe gitmedin? 你為什麼沒去上班？
   Otobüsü kaçırdım. 我錯過公車了。

2 Neden insanlar savaşıyorlar? 為什麼人們要戰爭？
   Para ve güç için. 為了錢跟權力。

Yasak, İzin, Gereklilik, İstek ile ilgili cümleler

（1）Temel Cümleler 基本常用句

Yasak

1 18 yaşından küçükler için sakıncalıdır. 未滿十八歲禁止。

2 Arabanızı buraya park etmeyiniz. 您不可以將車子停在這裡。

3 Burada beklemek yasaktır. 這裡禁止等待。

4 Burada sigara içilmez. 這裡禁菸。

5 Çöp dökmek yasaktır. 禁止倒垃圾。

6 Damsız girilmez. 攜伴入場。

7 Dikkat! köpek var. 當心！有狗。

8 Lütfen çimlere basmayınız. 請勿踐踏草地。

9 Lütfen meşgul etmeyiniz. 請勿打擾。

10 Lütfen sağdan yürüyünüz. 請靠右行。

11 Lütfen yüksek sesle konuşmayınız. 請不要高聲說話。

12 Şoförle konuşmak yasaktır. 請勿和駕駛說話。

請求

İzin

| 1 | Burada sigara içmem mümkün mü? 我能在這裡抽菸嗎？ |

| 2 | İzin verirseniz size bir şey soracağım.
如果您允許的話我要問您一件事。 |

| 3 | İzninizle çay içmek istiyorum. 可以的話我想喝茶。 |

| 4 | İzninizle. 經過您的允許。 |

| 5 | Kaleminizi kullanmam mümkün mü? 我能用您的筆嗎？ |

| 6 | Lütfen sinemaya gitmeme izin verir misiniz?
請您准許我去看電影。 |

| 7 | Şuraya oturmam mümkün mü? 我能坐在那嗎？ |

| 8 | Tuvaletinizi kullanabilir miyim? 我能用您／你們的廁所嗎？ |

Gereklilik

1	Annene babana güvenmelisin. 你必須信任你的爸爸媽媽。
2	Çaresiz, söylediklerini yapacağız. 沒辦法，我們必須照他們說的做。
3	Çok ders çalışmanız gerekir. 你們必須要念很多書。
4	Düzenli olarak spor yapmak gerek. 運動需要規律的做。
5	Kurallara uymak lazım. 必須遵守規則。
6	Ona yardım etmeliyim. 我必須幫助他。
7	Para kazanmak zorundayım. 我必須賺錢。
8	Şimdi çıkmam gerekiyor. 我現在得出門了。
9	Tatilde yemeli, içmeli, gezmeli bolca eğlenmeli. 渡假時要吃、要喝、要遊覽還要多多享樂。
10	Tekrar ülkeme dönmem gerekecek. 我必須再回到我的國家。

 祈望 İstek

1	Beraber yemek yiyelim mi? 我們一起吃飯嗎？
2	Birlikte sinemaya gidelim mi? 我們一起去看電影嗎？
3	Bize gitmeye ne dersin? 你覺得來我們家如何？
4	Çay içmek ister misiniz? 您／你們想喝茶嗎？
5	Sigara içmek istiyorum. 我想要抽根菸。
6	Sizinle konuşmak istiyorum. 我想跟您／你們說話。
7	Şunu istiyorum. 我要那個。
8	Tatile çıkmaya ne dersin? 你覺得去渡假怎麼樣？
9	Türkçe öğrenmek istiyorum. 我想要學土耳其語。
10	Türkiye'ye gitmek istiyorum. 我想要去土耳其。
11	Uyumak istiyorum. 我想要睡覺。
12	Yardım ister misiniz? 您／你們需要幫忙嗎？
13	Yardım istiyor musunuz? 您／你們需要幫忙嗎？

14 Yemek yemek istiyorum. 我想要吃東西。

15 Zengin olmak istiyorum. 我想要變有錢。

土耳其的慣用語2

　　一個語言裡一定有主要的句子種類，一般我們說話不外乎以下幾種情形：請求允許、要求、命令、禁止或接受。溝通就是建立在這幾種情況下，所有的文法知識都可以應用在上述的各種情況。因此，請你在這些固定用法中選擇符合自己需求的例句開始練習運用。例如：不接受和拒絕時所用的「mümkün değil」（不可能），理解之後你就可以在相似的狀況使用：「Sinemaya gidelim mi?」（我們要一起去看電影嗎？）「Mümkün değil.」（不可能／沒辦法。）「Sen bana yalan söylemişsin.」（你對我說了謊。）「Mümkün değil.」（不可能。）

Part 3

Ek 附錄

　　本單元整理了土耳其基本資訊、以及生活常用基礎單字、實用句,搭配「急救標音法」,就算沒時間紮實學習,也能臨陣磨槍現學即用!

土耳其資訊

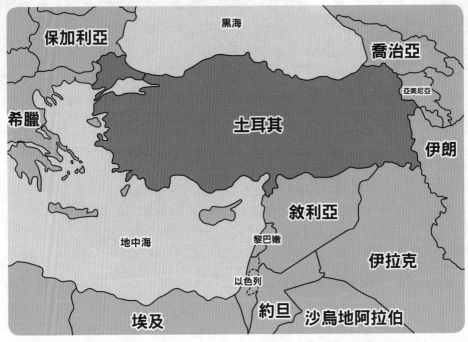

保加利亞　黑海　喬治亞　亞美尼亞　希臘　土耳其　伊朗　敍利亞　黎巴嫩　地中海　以色列　伊拉克　約旦　沙烏地阿拉伯　埃及

首都	最大城市
安卡拉Ankara （北緯41度，東經28度）	伊斯坦堡

官方語言	種族
土耳其語	突厥族

政體	國父
議會制共和國	凱末爾 （Mustafa Kemal Atatürk）

建國時間	大國民議會建立時間
1923年10月29日	1920年4月23日

國土面積	人口
783562平方公里	74724269

GDP	貨幣
總計7730.91億美元／ 人均10498.31美元	土耳其里拉（TRY/TL/₺）

時區	國碼
UTC+2	+90

緊急號碼	電壓
警察　　　　155 救護車　　　112 火災通報　　110	220V

基本單字

（1）數字

數字

1	bir 逼兒	2	iki 以ㄎㄧ
3	üç ㄩ取	4	dört ㄉㄜ、兒特
5	beş 被許	6	altı 襖特
7	yedi 野地	8	sekiz ㄙㄟˋㄎㄧˋ死
9	dokuz 斗庫死	10	on 甕
11	on bir 翁 逼兒	20	yirmi 也兒密
21	yirmi bir 也密 逼兒	30	otuz 嘔吐死
31	otuz bir 嘔吐死 逼兒	40	kırk 客兒可

50	elli 誒歷	60	altmış 襖特麼許
70	yetmiş 也特秘許	80	seksen ㄙㄟˋ可ㄙㄣ
90	doksan 斗渴喪	100	yüz 欲死
200	iki yüz 以ㄎㄧ 欲死	300	üç yüz ㄩ取 欲死
1,000	bin 並	1,100	bin yüz 並 欲死
10,000	on bin 翁 並	50,000	elli bin 誒歷 並
100,000	yüz bin 欲死 並	1,000,000	milyon 米裡用

順序

第一	birinci 筆另據	第二	ikinci 以ㄎㄧㄥ劇
第三	üçüncü 與群聚	第四	dördüncü 得蹲踞
第五	beşinci 北巡劇	第六	altıncı 襖騰ㄐㄛˋ
第七	yedinci 也丁劇	第八	sekizinci ㄙㄟㄎㄧㄒㄧㄥ劇
第九	dokuzuncu 堵庫組距	第十	onuncu 翁奴劇

（2）日子、月份

日子

星期一	Pazartesi 趴紮兒ㄊㄟˇㄙㄧˋ	星期二	Salı 灑樂
星期三	Çarşamba 掐香吧	星期四	Perşembe 胚宣被

星期五	Cuma 啾罵	星期六	Cumartesi 啾罵ㄊㄟˋㄙㄧ丶
星期天	Pazar 爬紮兒		

月份

1月	Ocak 喔價可	2月	Şubat 許霸
3月	Mart 罵兒特	4月	Nisan 你喪
5月	Mayıs 馬葉死	6月	Haziran 哈ㄒㄧ浪
7月	Temmuz ㄊㄟˋ幕死	8月	Ağustos 啊汙死拖死
9月	Eylül 誒綠	10月	Ekim 誒ㄎㄧㄥˋ
11月	Kasım 卡僧	12月	Aralık 阿拉樂可

春	İlkbahar 一可把哈兒	夏	Yaz 訝死
秋	Sonbahar 松巴哈兒	冬	Kış 課許

和時間相關

前天	evvelki gün 誒福肥ㄎ一ㄍㄩㄣ	今年	bu sene 餔ㄙㄟˋ內
明年	gelecek sene 給蕾屆可 ㄙㄟˋ內	明天	yarın 亞愣
下個月	gelecek ay 給蕾屆可 愛以	下週	gelecek hafta 給蕾屆可 哈福踏
每天	her gün 黑兒ㄍㄩㄥ	隔天	ertesi gün 誒兒ㄊㄟㄙㄧ ㄍㄩㄥ
夜晚	geceleyin 給傑疊應	早上	sabahleyin 灑芭疊應
昨天	dün ㄉㄩㄥ	今天	bugün 餔ㄍㄩㄥ

下午	öğleden sonra 歐類登 送ㄖㄨㄚˇ	這週	bu hafta 餔哈 福踏
這個月	bu ay 餔 愛已	兩天前	iki gün önce 以ㄎㄧ ㄍㄩㄥ 摁決
兩天後	iki gün sonra 以ㄎㄧ ㄍㄩㄥ 送ㄖㄨㄚˇ	去年	geçen sene 給圈 ㄙㄟˋ內
晚上	akşam 啊可向	上個月	geçen ay 給圈 愛以
上週	geçen hafta 給圈 哈福踏	總是	her zaman 黑兒 雜ㄇㄤˋ

（3）身體器官

肝	karaciğer 卡拉己誒	耳	kulak 苦辣可
眼	göz 夠死	腿	bacak 把假可
背	sırt 色兒特	頭	baş 霸許
頸	boyun 簸運	身體	vücut ㄈㄩ啾特

膝蓋	diz 地死	腳	ayak 阿呀可
臉頰	yanak 牙那可	骨頭	kemik ㄎㄟˇ密可
手	el 欸	手指	parmak 趴兒罵可
神經	sinir ㄙㄧ膩兒	腎臟	böbrek 撥補類可
心臟	kalp 愜譜	肩膀	omuz 歐幕死
臉	yüz 欲死	臀部	kalça 卡恰
胃	mide 米ㄉㄟˋ	牙	diş 地許
額頭	alın 啊愣	口	ağız 啊餓死
嘴唇	dudak 賭大可	鼻	burun 補路摁
下巴	çene 切內	手臂	kol 扣

肺	akciğer 啊可己欸	皮膚	cilt 激勵特
舌頭	dil 地		

（4）顏色

咖啡色	kahverengi 咖啡日ㄩㄢˇㄍㄧˋ	黑色	siyah ㄙㄧ訝
棕色	bej 被舉	黃色	sarı 灑樂
粉紅色	pembe 盆被	紫色	mor 末兒
橘色	turuncu 圖論啾	紅色	kırmızı 客兒麼仄
綠色	yeşil 也序	藍色	mavi 馬服役
灰色	gri 葛利	白色	beyaz 北訝死

（5）蔬菜水果

茄子	patlıcan 趴特勒醬	馬鈴薯	patates 趴他去ㄟ、死
青椒	biber 筆被兒	橘子	mandalina 忙搭哩哪
胡蘿蔔	havuç 哈服務取	草莓	çilek 起累可
檸檬	limon 李孟	大蒜	sarmısak 灑兒麼薩可
香瓜	kavun 卡夫摁	榲桲果	ayva 矮以服啊
蘿蔔	turp 兔譜	無花果	incir 音機兒
香蕉	muz 幕死	梨	armut 啊兒幕特
蘑菇	mantar 忙他兒	水蜜桃	şeftali 學伏塔莉
蘋果	elma 誒罵	杏桃	kayısı 咖椰色

石榴	nar 那兒	西瓜	karpuz 卡兒鋪死
菠菜	ıspanak 噁死爬那可	杏仁	badem 巴鄧
高麗菜	lahana 喇哈那	洋蔥	kuru soğan 苦路叟盎
橘子	portakal 坡他考	小黃瓜	salatalık 灑拉塔勒可
李子	erik 誒歷可	櫻桃	kiraz ㄅㄧ辣死
蔥	yeşil soğan 也需叟盎	鳳梨	ananas 啊那那死
葡萄	üzüm 與駔摁	核桃	ceviz 結福一死
瓜	kabak 卡爸可		

（6）廚房五四三

果汁	meyve suyu 美已夫ㄟ 俗育	油	yağ 牙
刀子	bıçak ㄅㄜ恰可	餐巾紙	peçete 胚切去ㄟ
雞肉	tavuk / piliç 他服可／皮另娶	甜點	tatılı 他特勒
啤酒	bira 必喇	水	su 速
飯	pilav 皮辣服	奶油	tereyağı 去ㄟ勒牙餓
麵包	ekmek 誒可媚可	沙拉	salata 撒拉塔
魚	balık 拔樂可	糖	şeker 學ㄎㄟˋ兒
肉	et 誒特	鹽	tuz 兔死
醬汁	sos 嗽死	湯勺	kaşık 卡懈可

湯	çorba 求罷	醋	sirke ㄙㄧ慨
冰	buz 不死	牛奶	süt ㄙㄩˋ特
杯子	bardak 拔兒大可	菸灰缸	kül tablası ㄎㄩ 他不拉瑟
果醬	reçel 蕊切	前菜／冷盤	meze 美姿ㄟˋ
盤子	tabak 他罷課	茶	çay 掐伊
咖啡	kahve 咖費	馬克杯	fincan 夫因降
紅／白酒	şarap 霞辣譜	叉子	çatal 洽套
黑胡椒	kara biber 卡拉比被兒		

（7）常用的標語

開的	Açık 啊切客	禁菸	Sigara içilmez ㄙㄧ嘎拉 已區妹死
拉	Çekiniz 切ㄎㄧ溺死	出租	Kiralık ㄎㄧ拉樂可
推	İtiniz 以踢溺死	緊急出口	İmdat çıkış 因大特 切課許
空的	Boş 波序	忙碌中	Meşgul 美許故
禁止拍照	Fotoğraf çekilmez 佛偷辣府 切ㄎㄧ妹死	禁止游泳	Yüzmek yasaktır 魚死妹克 牙薩克特
女士	Bayanlar 百羊辣	先生	Baylar 百辣
服務台	Danışma 達訥許馬	危險	Tehlike ㄊㄟ裡ㄎㄟ
行人	Yayalar 牙牙辣	入口	Giriş ㄍㄧˇ歷許
免費入場	Giriş serbesttir ㄍㄧˇ歷許 ㄙㄟˇ被死特	停	Dur 度兒

當心	Dikkat 底ㄎㄚˋ特	停車場	Park yeri 趴客 也歷
慢	Yavaş 牙福啊許	出口	Çıkış 切課許
禁止進入	Girmek yasaktır ㄎㄧˇ媚客 牙薩克特	賣	Satılık 灑特勒可
關的	Kapalı 卡趴樂	廁所	Tuvalet 土福啊類特
吸菸區	Sigara içilir ㄙㄧˇ嘎喇 已取歷兒		

土耳其的生活習慣

　　對於第一次去土耳其的人來說，記住一些重要的小知識會很有幫助。土耳其是一個回教回家，每個地方都有清真寺，一天無可避免地會聽到五次喚拜聲。一開始可能有點難適應但習慣了就好，甚至會忘記它的存在。第二，街頭小販不管在哪裡在何時都會想要賣你東西，可能的話和他們有一些交流，至少了解一下在地的文化。而在大的超級市場購物對你來說是比較妥當的。還有一件事，就是廁所。對觀光客來說廁所總是讓人頭痛的問題，事實上每間清真寺都有付費的廁所，客運站和超級市場也可以找得到，但只有市場裡會有免費的。另外餐廳裡也可以找到廁所。對於有迫切需求的外國人來說，首選是清真寺的廁所，因為每個地方都會有清真寺。

常用的簡單實用句

（1）與時間相關

1 幾點？

- Saat kaç?
- 灑啊 ㄎㄚˋ取？

2 八點。

- Saat sekiz.
- 灑啊 ㄙㄟˋㄎㄧ死

3 八點半。

- Sekiz buçuk
- ㄙㄟˋㄎㄧ死 補ㄑㄩ可

4 八點十五。

- Sekiz on beş
- ㄙㄟˋ ㄎㄧ死 翁 被許

5 您早晨一般都幾點起床？

- Sabahleyin saat kaçta kalkarsınız?
- 灑爸壘應 灑阿 ㄎㄚ取他 考咖兒什訥死

6 我都九點起床。

- Saat dokuz'da kalkarım.
- 灑阿 斗庫死大 考咖兒冷

7 公車／客運什麼時候發車？

○ Otobüs ne zaman hareket ediyor?

○ 歐偷必淤死 內 雜莽 哈蕾ㄎㄟ ㄟˋ 低侑

8 十二點時。

○ Saat on iki'de.

○ 灑啊 翁 疑ㄎㄧ ㄉㄟ

9 您／你們幾點要出門？

○ Saat kaçta çıkacaksınız?

○ 灑啊 咖取他 ㄑㄜ咖加可什訥死

10 三十分鐘之後。

○ Yarım saat sonra.

○ 亞愣 灑啊 送ㄖㄨㄚˇ

11 我八月要去渡假。

○ Ağustos'ta tatile çıkacağım.

○ 啊務死拓死踏 塔涕淚 ㄑㄜ咖降

12 我晚上五點有約。

○ Akşam beşte randevum var.

○ 啊客向 被許ㄊㄟ 攘得運 服阿

13 電影五分鐘前結束。

○ Beş dakika önce film bitti.

○ 被許 打ㄎㄧㄎㄚˋ 摁決 夫因 比剃

14 我五分鐘後要出門。

- Beş dakika sonra çıkacağım.
- 被許 打ㄎㄧㄎㄚ、宋汝啊 ㄑㄜ咖降

15 從五分鐘前到現在。

- Beş dakikadan beri.
- 被許打ㄎㄧㄎㄚ、當 北歷

16 要五小時。

- Beş saat sürer.
- 被許 灑啊 蘇累

17 一個月有幾天？

- Bir ayda kaç gün var?
- 逼耳 矮以大 咖取 ㄍㄩㄥ 服啊

18 一個月有三十天。

- Bir ayda otuz gün var.
- 逼耳 矮以大 歐兔死 ㄍㄩㄥ 服啊

19 我一天唸書四小時。

- Bir günde dört saat ders çalışıyorum.
- 灑爸疊應 灑阿 ㄎㄚ取他 考咖兒什訥死

20 一天有幾的小時？

- Bir günde kaç saat var?
- 逼耳 ㄍㄩㄥ ㄎㄟ 咖取 灑啊 服啊

21 一天有二十四小時。

- Bir günde yirmi dört saat var.
- 逼耳 ㄍㄩㄥ ㄎㄟ 耶兒密 ㄉㄜ、 灑啊 服啊

22 我一小時後要出門。

- Bir saat sonra çıkacağım.
- 逼耳 灑阿 宋汝啊 ㄑㄜ卡降

23 一小時後。

- Bir saat sonra.
- 逼耳 灑阿 宋汝啊

24 我剛完成。

- Biraz önce bitirdim.
- 逼喇死 摁爵 比踢兒訂

25 他剛走了。

- Biraz önce gitti.
- 逼喇死 摁決 ㄍㄧˇ替

26 我等下要出門。

- Biraz sonra çıkacağım.
- 逼喇死 宋汝啊 ㄑㄜ咖降

27 今天是（這個月）五號。

- Bugün ayın beşi.
- 舖估恩 矮伊恩 被許

28 今天是（這個月）二號。

- Bugün ayın ikisi.
- 舖估恩 矮伊恩 移ㄎㄧ

29 今天是（這個月）幾號？

- Bugün ayın kaçı?
- 舖估恩 矮伊恩 ㄎㄚˋ取

30 今天是星期幾？

- Bugün günlerden ne?
- 舖估恩 估恩磊登 內

31 今天是六月二十號。

- Bugün Haziran'ın yirmisi.
- 舖估恩 哈茲以浪ㄋㄣ耶兒密

32 今天是星期二。

- Bugün Salı.
- 舖估恩 灑樂

33 後天是星期五。

- Öbür gün Cuma.
- 打哈 嘔舖估恩 啾罵

34 您的出生日期是？

- Doğum tarihiniz ne?
- 都溫 塔莉ㄏㄧ溺死 內

35 我最喜歡的季節是夏季。

- En sevdiğim mevsim yaz.
- ㄟ恩 私誒福底應 每幅新 壓死

36 你最喜歡的月份是哪個？

- En sevdiğin ay hangisi ?
- ㄟ恩 私誒福底應 矮以 夯ㄍㄧˇ私ㄧ

37 你最喜歡的日子是哪天？

- En sevdiğin gün hangisi?
- ㄟ恩 私誒福底應 估恩夯ㄍㄧˇ私ㄧ

38 您／你們最喜歡的季節是哪個？

○ En sevdiğiniz mevsim hangisi?

○ ㄟ恩 私誒福底應溺死 每幅新 夯ㄍㄧˇ私ㄧ

39 您／你們早到了。

○ Erken geldiniz.

○ 誒爾ㄅㄣˋ 給ㄟ底溺死

40 搭客運到伊斯坦堡要多久？

○ İstanbul'a otobüsle ne kadar sürer?

○ ㄧ絲貪補拉 歐偷ㄅㄧㄩ死累 內卡搭 蘇累

41 搭火車去伊斯坦堡要幾個小時？

○ İstanbul'a trenle kaç saat sürer?

○ ㄧ絲貪不拉 春恩累 咖取 灑啊 蘇累

42 你什麼時候做完你的事情的？

○ İşini ne zaman bitirdin?

○ ㄧ勳逆 內 雜ㄇㄤˋ 比踢兒訂

43 您是哪年出生的？

○ Kaç doğumlusunuz?

○ ㄎㄚˋ取 董務魯俗怒死

44 我晚上十點鐘打（電話）。

○ Gece saat on'da ararım.

○ 給屆 灑啊 甕大 阿拉冷

45 今天星期一。

○ Bugün Pazartesi.

○ 舖估恩 趴紮去ㄟ系

46 今天是七月二號。

- Bugün iki Temmuz.
- 舗估恩 移ㄅㄧ ㄊㄟˋ幕死

47 明天是幾號？

- Yarın ayın kaçı?
- 壓愣 矮伊恩 ㄎㄚˋ取

48 我二十一歲。

- Yirmi bir yaşındayım.
- 伊兒密 必兒 壓詢大隱

49 這裡幾點開？

- Burası saat kaçta açılıyor?
- 舗喇ㄙㄜ 灑啊 ㄎㄚ取他 啊ㄑㄜ樂侑

50 這裡幾點關門？

- Burası saat kaçta kapanıyor?
- 舗喇ㄙㄜ 灑啊 ㄎㄚ取他 卡乒呢侑

51 您／你們幾點到的？

- Ne zaman geldiniz？
- 內雜ㄇㄤˋ 給滴逆私

52 我昨天到的。

- Dün geldim.
- 都恩 給訂

（2）與飲食相關

1 可以看一下嗎？（呼喚服務生時）

- Bakar mısınız?
- 吧咖兒 麼森訥死

2 我很渴。

- Çok susadım
- 秋渴 俗灑鄧

3 你餓了嗎？？

- Acıktın mı?
- 啊捷克ㄊㄥˋ 麼

4 您／你們餓嗎？

- Aç mısınız?
- 啊取 麼森訥死

5 祝好胃口。

- Afiyet olsun.
- 啊ㄈㄧ耶 喔孫

6 我在家吃晚餐。

- Akşam yemeğini evde yiyorum.
- 啊渴香 也媚一逆 誒福ㄉㄟ 一優輪

7 需要給小費。

- Bahşiş vermek lazım.
- 拔續續 福ㄟ媚可 喇贈

8 請給我烤魚。

- Balık ızgara lütfen.
- 芭樂可 噁絲卡辣 路特分

9 魚新鮮嗎？

- Balıklar taze mi?
- 芭樂可辣 塔茲ㄟ 迷

10 您有別的需求嗎？

- Başka arzunuz?
- 吧許咖 啊組怒死

11 我要一杯土耳其咖啡。

- Ben bir fincan Türk kahvesi istiyorum.
- 奔 必兒 夫因降 ㄊㄩ可 卡菲斯伊 以私梯優輪

12 請給我一杯水。

- Bir bardak su getirin.
- 逼兒 拔大可 速 給梯嶺

13 我要一片麵包。

- Bir dilim ekmek istiyorum.
- 逼兒 迪令 ㄟ可媚可 以私梯優輪

14 請給我一碟優格。

- Bir kase yoğurt getirin.
- 逼恩 咖ㄙㄟ、 尤物特 給梯嶺

15 您／你們會推薦什麼（菜）？

- Bize ne önerirsiniz?
- 比賊 內 歐內哩ㄙ一溺死

16 我們的（帳單）多少錢？

- Borcumuz ne kadar?
- 博啾姆斯 內 卡大

17 這桌是空的嗎？

- Bu masa boş mu?
- 餔馬撒 波許 母

18 今天我要請客。

- Bugün ben ısmarlamak istiyorum.
- 餔估恩 奔 噁死馬喇罵可 以私梯優輪

19 我能看看菜單嗎？

- Menüyü görebilir miyim?
- 妹紐於 ㄍㄩ類比例 密應

20 請給我菜單。

- Yemek listesi, lütfen.
- 耶媚可 哩死ㄊㄟˇㄙㄧˋ 魯特份

21 這裡是菜單。

- Buyurun, yemek listesi.
- 餔郵輪 也媚可 裡私ㄊㄟˇㄙㄧˋ

22 這附近有好的餐廳嗎？

- Yakınlarda iyi bir lokanta var mı?
- 壓肯拉大 移亦 逼兒 樓康塔 服啊 麼

23 這附近有便宜的餐廳嗎？

- Yakınlarda ucuz bir lokanta var mı?
- 壓肯拉大 屋糾私 逼兒 樓康塔 服啊 麼

24 這裡有賣烤肉的嗎？

○ Burada bir kebapçı var mı?

○ 部拉打 逼兒 ㄎㄟˋ叭噗ㄐㄜˋ 服啊 麼

25 我已經用電話預約（訂位）了。

○ Telefon ile rezerve ettirmiştim.

○ ㄊㄟ類奉 以哩 蕊賊非 替兒密許挺

26 已經為您／你們預約訂位了。

○ Sizin için rezervasyon yapılmış.

○ ㄙㄧ資應 以群 ㄖㄨㄟˊㄕㄟ服啊私一甕 牙婆麼取

27 您／你們要點什麼？

○ Ne arzu edersiniz?

○ 內 阿祖 ㄟㄉㄟˋ兒ㄙㄧ溺死

28 不好意思，您／你們點菜了嗎？

○ Affedersiniz, sipariş ettiniz mi?

○ 啊非得ㄙㄧ溺死 ㄙㄧ趴歷許 誒替溺死 密

29 我們能點菜了嗎？

○ Yemeğimizi seçebilir miyiz?

○ 耶媚以米茲 ㄙㄟˇ缺筆哩 米已死

30 我要一張四人坐的桌子。

○ Dört kişilik bir masa istiyorum.

○ ㄉㄜ兒特 ㄎㄧ許利可 逼兒 馬撒 以私梯優輪

31 要禁菸區。

○ Sigara içilmeyen bölüm olsun.

○ ㄙㄧ嘎拉 以ㄑㄧˊ每淹 補ㄌㄨㄥ 喔蘇恩

32 請從這邊來。

- Bu taraftan gelin.
- 舖 塔拉芬湯 給另

33 這是什麼？

- Bu ne?
- 舖 餒

34 您／你們喜歡哪種食物？

- Ne tür yemekleri seviyorsunuz?
- 內土嚕 耶媚可蕾哩 ㄙㄟ夫一優蘇怒死

35 我很餓。

- Çok acıktım.
- 秋渴 啊ㄐㄧㄜ可騰

36 您／你們吃羊肉嗎？

- Kuzu etini yer misiniz?
- 苦租 誒替逆 耶米死音溺死

37 在台灣我們用筷子。

- Tayvan'da çubuk kullanıyoruz.
- 胎服晚搭 區不可 苦郎呢優魯死

38 我向您／你們推薦沙威瑪。

- Size döner kebabı tavsiye ederim.
- ㄙㄧㄚㄟ 都內 ㄎㄟˇ爸ㄅㄜˊ 塔芙ㄙㄧ耶 誒ㄅㄟ領

39 我不能吃太多。

- Fazla yiyemem.
- 髮絲辣 以耶們

40 我不喜歡油的食物。

- Yağlı yemekleri sevmiyorum.
- 牙古樂 耶媚可蕾莉 ㄙㄟ幅米優輪

41 （您）可以給我飯嗎？

- Bana pilav verir misiniz?
- 把那 皮勞夫 福誒裡兒 米ㄙㄧ逆死

42 （您）可以給我鹽和胡椒嗎？

- Bana tuz ve karabiber verir misiniz?
- 八那 兔死 福ㄟ 卡拉比被兒 福ㄟ力兒 米ㄙㄧ溺死

43 （您）可以給我一杯水嗎？

- Bir bardak su getirir misiniz?
- 逼兒 拔大可 速 給梯力兒 米ㄙㄧ溺死

44 魚沒有煮熟。

- Balık iyi pişmemiş.
- 芭樂可 依以 皮須每秘許

45 食物太鹹了。

- Yemek çok tuzlu.
- 耶媚可 秋渴 土死路

46 食物非常好。

- Yemek çok güzel.
- 耶媚可 秋渴 谷ㄗㄟˋ

47 有什麼沙拉？

- Hangi salata var?
- 夯ㄍㄧ 灑拉他 夫啊

48 這不新鮮。

- Bu taze değil.
- 餔 塔ㄗㄟˋ 低穎

49 這不乾淨。

- Bu temiz değil.
- 餔ㄊㄟˇ密斯 低穎

50 您／你們想喝點什麼飲料嗎？

- İçecek olarak ne arzu edersiniz?
- 乙缺噘可 歐喇蠟可 內 阿祖 誒ㄉㄟˋ兒ㄙㄧ溺死

51 我要蔬菜湯。

- Ben sebze çorbasını istiyorum.
- 奔 ㄙㄟˇ不ㄗㄟˋ 求八色訥 以私梯優輪

52 您吃飽了嗎？

- Doydunuz mu?
- 都已都怒死 母

53 我很飽。

- Çok doydum.
- 秋渴 都已督嗯

54 買單！

- Hesap lütfen!
- 黑薩普 嚕特粉

55 我們要分開付（錢）。

- Hesabı ayrı ayrı istiyoruz.
- 黑薩ㄅㄜ 矮以熱 矮以熱 以私梯優魯死

306 · Part 3 Ek

56 總共多少錢？

○ Toplam ne kadar tutuyor?

○ 偷譜浪 內 卡搭兒 土禿又

57 我需要留下多少小費？

○ Ne kadar bahşiş bırakmam gerek?

○ 內卡搭兒 八婿許 ㄅㄜ喇克曼 給累可

（3）與旅遊相關

旅行團

1 有旅行社嗎？

○ Turizm bürosu var mı?

○ 禿裡滋陰 ㄅㄩ摟速 服啊 麼

2 有伊斯坦堡的市區團嗎？

○ İstanbul'da şehir turları var mı?

○ 以私探捕搭 薛ㄏㄧ兒 土喇樂 服啊 麼

3 有旅行團的行程嗎？

○ Tur programı var mı?

○ 禿 坡館麼 服啊 麼

4 團費是多少？

○ Turun ücreti ne kadar?

○ 土嚕ㄥ ㄩ舉蕾替 內 卡大兒

5 有含午餐嗎？

- Öğle yemeği dahil mi?
- 喔累 也媚一 打厂一 迷

6 行程跑完要多少時間？

- Tur ne kadar zaman alır?
- 土 內 卡大兒 雜ㄇ尢、 啊樂兒

7 我們會在這裡五天。

- Beş günlüğüne buradayız.
- 被許 估ㄥ魯務內 部拉打已死

8 我能要一份市區地圖嗎？

- Şehir haritası rica edebilir miyim?
- 薛厂一 喇裡塔色 蕊家 誒ㄅㄟ比例兒 米穎

9 車子從哪裡發車？

- Otobüs nereden kalkar?
- 歐偷ㄅㄩ死 內蕾登 考ㄎㄚ、兒

10 他會來飯店接我們嗎？

- Bizi otelden alacak mı?
- 筆卩一 歐ㄊㄟ登 啊喇架可 麼

11 行程幾點開始？

- Tur saat kaçta başlar?
- 土 灑啊 卡取他 把許辣

飯店

1 你們沒有別的房間了嗎？
- Başka odanız yok mu?
- 把許ㄅㄚˋ 喔打訥死 優渴 模

2 有人找我嗎？
- Beni arayan var mı?
- 北逆 阿拉央 服啊 麼

3 您能在早上起點鐘叫醒我嗎？
- Beni saat 7'de uyandırabilir misiniz?
- 北逆 灑阿 耶地ㄅㄟˋ 五央德拉比例兒 米ㄙㄧ溺死

4 您能再給我們一條毯子嗎？
- Bir battaniye daha getirebilir misiniz?
- 逼兒 把湯尼葉 打哈 給梯哩比例兒 米ㄙㄧ溺死

5 我要住一晚。
- Bir gece kalacağım.
- 逼兒 給嘅 卡拉醬

6 房間一個晚上的價格是多少？
- Bir gecelik oda fiyatı ne kadar?
- 逼兒 給爵利可 喔大 ㄈㄧ壓特 內 卡大兒

7 一個房間是住幾個人？
- Bir odada kaç kişi kalıyor?
- 逼兒 偶打搭 髂取 ㄅㄧ需 卡勒又

8 您可以給點折扣嗎？

○ Biraz indirim yapar mısınız?

○ 逼喇死 英底另 亞趴兒 ㄇㄜㄥㄣˋ訥死

9 我要住個幾天。

○ Birkaç gün kalacağım.

○ 逼兒ㄅㄚˋ取 估ㄥ 卡辣醬

10 你們有空房嗎？

○ Boş odanız var mı?

○ 波許 毆打訥死 服啊 麼

11 這附近有乾淨的民宿嗎？

○ Buralarda temiz bir pansiyon var mı?

○ 舖拉喇大 ㄊㄟˋ密死 逼兒 ㄅㄥ一用 服啊 麼

12 這附近最好的飯店是哪一家？

○ Buraların en iyi oteli hangisi?

○ 舖拉喇稜 恩 伊以 歐條例 夯ㄍ一ˇㄙ一ˋ

13 請！這是您房間的鑰匙。

○ Buyurun! odanızın anahtarı.

○ 舖優魯ㄥ 毆打訥贈 啊拿它樂

14 你們沒有更大的房間了嗎？

○ Daha büyük bir odanız yok mu?

○ 打哈 舖又可 逼兒 毆打訥四 優渴 模

15 我要一間有海景的房。

○ Deniz manzaralı bir oda istiyorum.

○ 得溺死 忙雜喇樂 逼兒 喔大 以私梯優輪

16 你們接受外幣嗎？

○ Döviz kabul ediyor musunuz?

○ 斗服役死 卡不 誒低優 母俗怒死

17 價格有包含早餐嗎？

○ Fiyata kahvaltı dahil mi?

○ ㄈㄧ芽他 卡服啊特 打ㄏㄧˋ 米

博物館和歷史古蹟

1 我們想參觀博物館。

○ Müzeyi görmek istiyorum.

○ ㄇㄩ賊ㄧ 《ㄩ媚可 以私梯優輪

2 我們這邊可以拍照嗎？

○ Burada fotoğraf çekebilir miyiz?

○ 鋪喇搭 否頭辣夫 切ㄎㄟ比例兒 米已死

3 禁止拍照。

○ Fotoğraf çekmek yasak.

○ 否頭辣府 切可媚可 亞薩可

4 入場費是多少？

○ Giriş ücreti ne kadar?

○ 《ㄧ力許 屋啾蕾替 內 卡大兒

5 您／你們有票嗎？

○ Biletiniz var mı?

○ 筆累體溺死 服啊 麼

6 有懂英文的人嗎？

- İngilizce bilen bir kişi var mı?
- 英《一例死決 比愣 逼兒 ㄎㄧ序 服啊 麼

7 我能買一本手冊嗎？

- Bir katalog satın alabilir miyim?
- 逼兒 卡塔露個 灑湯 阿拉比哩兒 米穎

8 這間清真寺的名字是？

- Bu caminin adı ne?
- 餔 假蜜濘 啊的 內

9 我們能進去清真寺裡面嗎？

- Caminin içine girebilir miyiz?
- 假蜜濘 以群內 《一哩比例兒 米已死

10 我們要在博物館待多久？

- Müzede ne kadar kalacağız?
- ㄇㄩ賊ㄉㄟ 內 卡大兒 卡拉加噁死

11 我們什麼時候要回去？

- Ne zaman geri dönüyoruz?
- 內 雜忙 給歷 都奴優魯死

12 我們能用走的去嗎？

- Yürüyerek gidebilir miyiz?
- 優魯耶類可 《一ㄉㄟ比例兒 米已死

13 用走的要十五分鐘。

- Yürüyerek on beş dakika sürer.
- 優魯耶類可 翁 被許 打ㄎㄧㄎㄚ、 蘇累

（4）與假期相關

1 您游泳游得好嗎？

- İyi yüzüyor musunuz?
- 一以 於租優 母俗怒死

2 是的，我游得非常好。

- Evet, çok iyi yüzüyorum.
- ㄟㄈㄝˇ 秋渴 移亦 於租優輪

3 有救生員嗎？

- Cankurtaran var mı?
- 將苦塔浪 服啊 麼

4 對兒童來說安全嗎？

- Çocuklar için emniyetli mi?
- 糗劇可辣 以群 誒米你也特力 迷

5 我要租氣墊床。

- Deniz yatağı kiralamak istiyorum.
- 得膩私 牙踏餓 ㄎ一拉罵可 以私梯優輪

6 我能在哪裡租到陽傘？

- Güneş şemsiyesini nereden kiralayabilirim?
- 谷內許 旋ㄙ一耶ㄙ一、尼 內蕾登 ㄎ一拉壓筆哩領

7 哪裡可以拿海灘椅？

- Nereden şezlong alabilirim?
- 內蕾登 薛ㄙㄌㄨㄥ、阿拉比例領

8 我要租水上摩托車。

○ Deniz motoru kiralamak istiyorum.

○ 得溺死 摩托路 ㄅ一喇罵可 已私梯有輪

9 .一小時多少錢？

○ Bir saatliği ne kadar?

○ 逼兒 灑阿裡一 內卡大兒

10 我們能到多遠？

○ Ne kadar açılabiliriz?

○ 內卡大兒 啊ㄑㄜˇ拉比例裡死

11 我們可以在這裡露營嗎？

○ Burada kamp yapabilir miyiz?

○ 舖喇打 看譜 亞趴比例 米已死

12 是的，我們有露營的場地。

○ Evet, kamp yerimiz var.

○ ㄟㄈㄝˇ看譜 耶裡幕死 服啊

13 一個晚上多少錢？

○ Geceliği ne kadar?

○ 爵裡意 內卡大兒

14 我們能燒營火嗎？

○ Ateş yakabilir miyiz?

○ 啊ㄊㄟˇ許 亞喀比例 米已死

15 有能喝的水嗎？

○ İçme suyu bulunur mu?

○ 以取媚 速育 補嚕ㄥ怒 模

16 有淋浴間嗎？

- Duşlar var mı?
- 睹許辣 服啊 麼

17 廁所在哪裡？

- Tuvalet nerede?
- 土閥類特 內疊ㄅㄟˊ

18 一天的租金是多少？

- Günlük kirası ne kadar?
- ㄍㄩ路可 ㄎㄧ喇色 內 卡大兒

19 我們能把車子停在這裡嗎？

- Arabamızı buraya park edebilir miyiz?
- 阿拉把麼仄 舖喇壓 趴可 誒ㄅㄟ比例 米已死

（5）洗衣店和裁縫

1 附近有洗衣店嗎？

- Yakınlarda çamaşırcı var mı?
- 牙啃喇大 掐麻ㄒㄧㄜˋㄐㄜˋ 服啊 麼

2 我想要把這件衣服拿去給人家洗。

- Bu elbiseyi temizletmek istiyorum.
- 舖 誒逼ㄙㄟㄧ ㄊㄟˋ密死類特媚可 以私梯優輪

3 我想要把這件衣服拿去給人家燙。

- Bu elbiseyi ütületmek istiyorum.
- 餔 誒逼ㄙㄟ一 ㄩㄊㄩ蕾特媚可 以私梯優輪

4 您能去除這個汙漬嗎？

- Bu lekeyi çıkarabilir misiniz?
- 餔 蕾ㄎㄟˇ亦 ㄑㄜ咖拉比例兒 米ㄙ一溺死

5 您能縫好這個嗎？

- Bunu dikilebilir misiniz?
- 補奴 底ㄎ一哩比例兒 米ㄙ一溺死

6 您能縫好這個扣子嗎？

- Bu düğümeyi dikebilir misiniz?
- 餔 ㄉㄩ每亦 底ㄎㄟ比例兒 米ㄙ一溺死

7 您能修補好這件衣服嗎？

- Bu elbiseyi tamir edebilir misiniz?
- 餔 誒逼ㄙㄟ一 塔咪兒 誒ㄉㄟ比例兒 米ㄙ一溺死

8 袖子能改短嗎？

- Kolları kısaltır mısınız?
- 摳拉 可灑特兒 麼森訥死

9 什麼時候會好？

- Ne zaman hazır olur?
- 內雜忙哪 哈仄兒 喔路

10 明天會好。

- Yarına hazır olur.
- 壓愣那 哈仄 喔路

（6）鐘錶眼鏡行

1 我眼鏡的鏡片破了。

- Gözlüğümün camı kırıldı.
- ㄍㄩ死魯務幕 獎麼 可樂ㄉㄜ、

2 您能修好嗎？

- Tamir edebilir misiniz?
- 塔蜜兒 誒ㄉㄟ比例兒 米ㄥ一溺死

3 您能換鏡片嗎？

- Camları değiştirir misiniz?
- 將喇樂 得以許體力兒 米ㄥ一溺死

4 我想要太陽眼鏡。

- Güneş gözlügü istiyorum.
- 谷內許 ㄍㄩ死路務 以私梯優輪

5 我想要隱形眼鏡。

- Kontak-lens istiyorum.
- 空它可 愣死 以私梯優輪

6 我可以戴這個嗎？

- Bunu takabilir miyim?
- 補怒 塔喀比例兒 米引

7 適合我嗎？

- Bana yakışıyor mu?
- 把那 雅客許優 模

8 我想要買一隻手錶。

◉ Bir kol saati almak istiyorum.

◉ 逼兒 摳 灑啊梯 敖罵可 以私梯優輪

9 我能看那隻手錶嗎？

◉ Şu saate bakabilir miyim?

◉ 需 灑阿ㄊㄟ 把喀比例兒 米引

10 這是真金的嗎？

◉ Bu hakiki altın mı?

◉ 內卡大兒 啊ㄑㄜˇ 拉比例裡死

11 不是，是假的。

◉ Hayır, sahte.

◉ 嗨一噁 撒ㄊㄟˋ

12 我要一只18k金的戒指。

◉ On sekiz ayar bir yüzük istiyorum.

◉ 翁 ㄙㄟˇㄎㄧˋ死 矮壓兒 逼兒 ㄩ駔可 以私梯優輪

13 這裡有鑽石嗎？

◉ Burada elmas var mı?

◉ 餔喇打 誒罵死 服啊 麼

14 這裡有金子嗎？

◉ Burada altın var mı?

◉ 餔喇打 襖ㄊㄥˋ 服啊 麼

MEMO

國家圖書館出版品預行編目資料

實用土耳其語會話 / 馬仕強（Özcan YILMAZ）、魏宗琳著
--初版--臺北市：瑞蘭國際，2013.06
320面；17 x 23公分--（繽紛外語系列；24）
ISBN 978-986-5953-35-5（平裝附光碟片）
1.土耳其語 2.會話

803.8188 　　　　　　　　　　102008352

繽紛外語系列 **24**

絕對實用！

土耳其人天天說的生活會話

作者｜馬仕強（Özcan YILMAZ）・翻譯｜魏宗琳・責任編輯｜呂依臻、王愿琦
校對｜馬仕強、魏宗琳、呂依臻、王愿琦

土耳其語錄音｜杜爾孫（Dursun KÖSE）、貝琳（Berrin Köse ÖZBERK）
錄音室｜采漾錄音製作有限公司・美術插畫｜余佳憓
封面・版型設計｜余佳憓・內文排版｜余佳憓、帛格有限公司・印務｜王彥萍

董事長｜張暖彗・社長兼總編輯｜王愿琦・副總編輯｜呂依臻
副主編｜葉仲芸・編輯｜周羽恩・美術編輯｜余佳憓
企畫部主任｜王彥萍・業務部主任｜楊米琪

出版社｜瑞蘭國際有限公司・地址｜台北市大安區安和路一段104號7樓之1
電話｜(02)2700-4625・傳真｜(02)2700-4622・訂購專線｜(02)2700-4625
劃撥帳號｜19914152 瑞蘭國際有限公司・瑞蘭網路書城｜www.genki-japan.com.tw

總經銷｜聯合發行股份有限公司・電話｜(02)2917-8022、2917-8042
傳真｜(02)2915-6275、2915-7212・印刷｜宗祐印刷有限公司
出版日期｜2013年6月初版1刷・定價｜380元・ISBN｜978-986-5953-35-5